起舞弄清影

大宋词人的诗酒风流

简墨 著

新世界出版社
NEW WORLD PRESS

图书在版编目（CIP）数据

起舞弄清影：大宋词人的诗酒风流 / 简墨著 . ——
北京：新世界出版社，2023.10
　ISBN 978-7-5104-7750-8

　Ⅰ . ①起… Ⅱ . ①简… Ⅲ . ①宋词－诗歌欣赏 Ⅳ .
①I207.23

中国国家版本馆 CIP 数据核字 (2023) 第 177939 号

起舞弄清影——大宋词人的诗酒风流

作　　者：简 墨
责任编辑：曲静敏
责任校对：宣 慧　张杰楠
责任印制：王宝根
出　　版：新世界出版社
网　　址：http://www.nwp.com.cn
社　　址：北京西城区百万庄大街 24 号（100037）
发 行 部：(010)6899 5968（电话）　(010)6899 0635（电话）
总 编 室：(010)6899 5424（电话）　(010)6832 6679（传真）
版 权 部：+8610 6899 6306（电话）nwpcd@sina.com（电邮）
印　　刷：嘉业印刷（天津）有限公司
经　　销：新华书店
开　　本：880mm×1230mm　1/32　尺寸：145mm×210mm
字　　数：205 千字　　　　　　　印张：9.25
版　　次：2023 年 10 月第 1 版　　2023 年 10 月第 1 次印刷
书　　号：ISBN 978-7-5104-7750-8
定　　价：68.00 元

自　序

词在古代也被叫作"诗余"。

两种解释：一、诗的变格，延续"清空雅正"的语言风格；二、诗人之余事。

或许多数人想到的是后者。发明这个词的人应该也是这个意思：略有轻视意。然而历史不吃那一套，谁好就奖谁小红花。到现在，诗、词已成双雄，在中国古代文化门类中十分地突出。

"诗言志，词言情"，从某种意义上说，诗彰显的是一个人的品质，词代表的是一个人的性情。

所以，我们读古诗词，就要将作者的诗与词结合起来，这样，他才是一个立体的、丰满的人，从而更接近他本人的真实。

有时候，词比诗更像作者本人说的内心话。一本词集，就像现在的一个游戏——真心话大冒险。一圈人，团团坐，比赛着说出自己平时说不出口的真心话。比如《花间集》。

没错，词的缘起大抵出自这本词集。它给后来的词制定了母题、写法，以及其他一些和词这种文体有关的事情。其意义犹如《古诗十九首》之于诗。

于是，从同一个人的词与诗，至少可以辨认出两个作者：一个比较多愁善感，另一个壮志难酬但是还作旷达状。它们只是同一个人的两面。从古到今，人立下壮志，总是很难酬，一转身，或许他又是多情和忧伤的。这些年代久远的词，有种真正曲折、缓慢的味道。

国学大师王国维曾提出过人生的三种境界："昨夜西风凋碧树，独上高楼，望尽天涯路""衣带渐宽终不悔，为伊消得人憔悴""众里寻他千百度，蓦然回首，那人却在灯火阑珊处"。这三种境界都是用词来表示，而毫无不妥。

宋词里那些极好的作品，它们写爱，写美，传递着一种纯真的、优美的情感。这些东西来自内心深处，经过几百上千年时间的传递，跟今人的心依然相通。这是汉语的神奇。

人得经过爱，见过美，才能拥有强大和勇敢的内心，去对抗世界的粗糙，以及离开人间的恐惧。对此我们深信不疑。而在一个衔枚疾走的年代，仍放不下一份浅吟低唱的美和爱意——就像此刻，我们心头浮上的那些天真诚实的绝唱，那一份淡定和从容。

诗歌是汉语言的精华。作为诗歌大类中的宋词，正是记录爱与美的杰出代表。

宋词美啊，宋词低回，读进去，每个人都会觉得美到自己的心窝里。

在其他的中国古诗歌中，我们能看到所有的人；在宋词里，我们却几乎只能看到一个人，他沉静、多思、轻愁，常喝点酒，爱某种花，为世间什么所伤……即便偶有不同，也只是这一个人的不同时刻。这张脸比其他种类诗歌里出现的同一张脸更真实也更贴切。

随着李煜等人引领词由唐入宋，北宋前期柳永、欧阳修及北宋后期苏轼、秦观等人将词推向巅峰，词的文体意识渐渐成熟，词人们的风格也渐渐开阔，"词言情"从言爱情、婉约之情，渐渐增加了言家国之情、豪迈之情。而经历了南宋偏安，南宋末年，词坛被沉郁的故国情怀笼罩着。此间的辛酸悲慨构成了这一时期词人的集体书写，形成了宋词发展史上的第二个巅峰。辛弃疾、陆游、张孝祥等，都是其中佼佼者。词作为日常生活的记载方式而迅速流布。

宋词天生和女子契合。

宋词形制轻妙，具有抒情性倾向和浪漫气质，与女性特质相似。同男词人的拟女性创作相比，女词人的创作更为真切自然。特殊的时代造就了宋代女词人群体，如李清照、朱淑真、魏玩、张玉娘等，她们以惊人的才华创出中国女性文学的高峰。

明、清之下，词人继承传统，出现过一些创作圣手，如张岱、李雯、朱彝尊等，多有传世之作。这是词在跳跃过元代的低谷之后又一个小高峰。

至此，但凡中国传统文化所含有的价值观，如忠君报国、杀身成仁的抱负，积极奋斗、舍生取义的理想，"居庙堂之上则忧其民，处江湖之远则忧其君"的情怀，清廉自持、安贫乐道的个人品格，热爱生活、忠于爱情的自我倾向等，都可以在词里找到它感人的存在，而且薪火相传，生生不息。

叁

起心动念写有关中国传统文化的作品已经很久了。那时我还在母亲身边，在每天读一首古诗词、写一篇大字的懵懂里，不知人事变幻。直到后来，母亲出了一点问题，我才明白：原来最值得宝爱的事物，那么容易就会失去。

于是，我就开始做起一件寸草心报不得三春晖的事情——报得报不得，都要报，不是吗？

母亲有多么美丽，我的歌喉就有多么鄙陋，而即便用一生的时间也歌唱不出她绝妙风姿之万一，我还是要忍不住依偎着她，跟随她唱过的歌曲，小声为她做起和声……

有谁不想感谢母亲呢？有谁，舍得忘记，母亲曾唱给自己的歌谣呢？

那么，就让我，让我们以各自幕后和声的方式，来回应母亲的歌唱吧，也请我们的孩子加入进来，一起歌唱。

这样，母亲唱过的歌谣，以及母亲，便永存在这世界上了！

简墨

2021年12月

目录

之一

林逋

冰清霜洁后，不为人知的长相思

霜天晓角·冰清霜洁

宋·林逋

冰清霜洁。

昨夜梅花发。

甚处玉龙三弄,

声摇动、枝头月。

梦绝。

金兽蒸。

晓寒兰烬灭。

要卷珠帘清赏,

且莫扫、阶前雪。

壹

宋朝的梅花开得太多了，多得简直岂有此理，每一平方米都呼风唤雨，叠浪成海……她们把整个天空都开成了一株巨大的梅树。

来来回回看梅的，都是身兼数职的词人们。宋朝重文，庙堂要员里"文章太守"很有几个，他们一边公干，诗言志；一边偷闲，词言情。而宋朝的诗人，谁没有写到梅花，谁就似乎被开除了诗籍。梅是宋朝诗人心里的玉女领袖。

西湖谚云："孤山不孤，断桥不断，长桥不长。"孤山不孤，很大一部分是因为有他：世间最大的一个梅痴。

乾德五年（967），林逋出生。幼失父母，无牵无挂的他别了家乡，辗转江淮，一直流浪到了西湖孤山下，兀自盖间小茅屋，环屋种植，生生不息，竟至形成蔚为大观的一座梅林。

其时，宋太祖执政不久，正值壮年，踌躇满志，先杯酒释兵权，解除了心头之患，接着网罗天下英才，打算来个大换血，让社稷焕发生机，求江山永固。

林逋声名远播，却对漫天遍地的招聘启事不理不睬。没错，他的理想就是做隐士。

取大地方寸，光阴替移，草木便花开花落给人看，是大自然的慷慨。这种浓福，只有低欲望群体才得以享有。

有人见他孤苦，好心执柯作伐，被一一谢绝。他认梅为妻，认自己作梅的丈夫，还将梅林里飞着的鹤取名"鸣皋"，当成孩子去喂养。

秋末霜降，他顶着寒意采集干草编织草帘，不辞辛苦地用草帘将每棵梅树包裹，如同给其穿上冬衣。春来惊蛰，他为梅树捉虫、松土、浇水、施肥；待梅子黄时便将梅子售出，卖得的钱分成一小包一小包，存于罐中，每天只取一包为生活费。等罐内银空，正好又一年，新梅成熟时，再兑钱入罐。如是，种梅、侍梅、赏梅、咏梅……四季轮回，花事流转，成了他生活中最日常的事。

对时日的期待简化成对花开果熟的期待，简单又美好。

林逋不喜美酒助兴、佳人佐歌，认为那样糟蹋了梅的雅洁，只是独赏。在他心里，冬日山丘有了梅，远胜春天桃花织出的绚丽洞房。

说起来，林逋一生并没什么惊天动地的业绩，只是在孤山一口气待了二十几年，不进咫尺之遥的杭城。一生中最好的年华里，他都孤独着，世俗纷扰与他何干？据传他画技高超，却无存世笔墨；陆游称其行、草书法高绝，也仅三件作品存世；写诗也不保留，边写边撕，如果不是有心人想尽办法偷偷收藏了他丢的一点墨迹，那么，如今连片纸也休想见到。只有梅才知道他到底写了多少，又丢了多少。

有人问林逋："何不抄录下来，留给后人？"

他回答："我现在尚且不想以诗出名，哪还希图名扬后世呢？"

安心孤独是需要大勇气的，所以林逋历来为人尊敬。

苏轼读到林逋的文字，大加礼赞，将他的梅花诗当作范文，让儿子苏过学习：

众芳摇落独暄妍，占尽风情向小园。

疏影横斜水清浅，暗香浮动月黄昏。

霜禽欲下先偷眼，粉蝶如知合断魂。

幸有微吟可相狎，不须檀板共金樽。

剪绡零碎点酥乾，向背稀稠画亦难。

日薄从甘春至晚，霜深应怯夜来寒。

澄鲜只共邻僧惜，冷落犹嫌俗客看。

忆着江南旧行路，酒旗斜拂堕吟鞍。

——《山园小梅二首》

"疏影横斜水清浅，暗香浮动月黄昏。"一个"暗"字，满篇生辉。俗世是白天，是喧嚣，是张扬，是炫耀，而他从身体到心灵，整个的人活在隐谧和安静中——仿佛餐花饮露即可过活。

他与官家从不沾边。权贵向他求诗，拒绝；乡绅向他求诗，拒绝。只有一次，大中祥符五年（1012），真宗听说了他的清名，赐予粮食和锦衣，并要求地方上加以看顾，他未能拒绝，谢恩之后，便绝口不提。

林逋不拒绝友人来访。友人位居高位的也不少，如丞相王随，流连几日不去，每天唱和，十分愉快；还有杭州的父母官薛映和李及等，一旦到来，必清谈一整天才舍得走。

每次相会，他们都自觉去除官阶，只做个诗友。

言谈间，大权在握的朋友们总是流露出希望他出山入仕、可以终日相聚的想法，但林逋装傻，不理会任何暗示和明请，仍旧画地为牢，不入繁华半步。

隐士自古都不缺：春秋时范蠡携西施泛舟五湖，人们开始觉得归隐是个不错的职业；"商山四皓"和严子陵的盛名进而给世人启发：只要"隐"的名声足够大，皇帝的金銮殿也是有机会参观一下的。谢安的东山再起更让世人窥到了"隐而仕"的秘诀。再后来，孔德璋写了《北山移文》，人们笑了：原来隐士嘴里唱着"归去来兮"，心里想的却是："沽之哉！沽之哉！我待贾者也！"唐代还出了个卢藏用，考上进士却不去当官，转身去终南山隐居，后来被武则天征召入京，官拜左拾遗，时人称为"随驾隐士"。"终南捷径"一典由此而出。

走"归隐入仕"这条捷径的人实在是太多了。富贵声名到底是难以抵挡的诱惑。

陶渊明曾说:"少无适俗韵,性本爱丘山。误落尘网中,一去三十年。"而林逋一天也不肯落入尘网,善始善终,省去了陶令遗憾。临终前,林逋为自己建了个寿堂,书云:"湖上青山对结庐,坟前修竹亦萧疏。茂陵他日求遗稿,犹喜曾无封禅书。"

——"犹喜曾无封禅书"一句,用典反比:司马相如自诩隐者,他去世后,汉武帝在司马相如家中找到了为皇帝歌功颂德的《封禅书》。而林逋自嘲亦自证:自己不曾作过那类文字。远离浮华,到死都初心不改,他用异于常人的倔强,将人生的句号画得圆满。

天圣六年(1028),林逋六十一岁,含笑而去,安详得如同事先知道这场远行一样。行前,还不忘将一身大雪脱衣裳似的,脱给了孤山,脱给了梅。

林逋辞世后,据说他手植的梅从此再没开放,渐渐枯绝;他亲侍的鹤也不肯飞走,在墓前悲鸣而死,陪葬在墓旁……所有的都如同死去;所有的又如同定格,永驻。

张岱《西湖梦寻》记载,南宋灭亡后,有盗贼夜入林逋墓,只找到一方端砚和一支玉簪。

贵贱贤愚各异,而生死轮回止一,谁的一生不是很快过去?

来到这个世界上,每个人都被取了一个名字作为标签。于是,我们顶着这个标签开始了一生的旅程。不管宗教中说人会出生多少次,于现世,"我"只有一次,"我"的父母家人、同事朋友,"我"的工作、情感、悲欢际遇……只有一次。属于这个名字的死,也只有一次。

该怎样度过只属于这个"我"的这一生？

无论活到多少岁，回头看时，都像一场梦。多回头几次，世事就会看轻许多。大起大落大惊喜后面，是大悲大惧大失落吧，也许最好的就是平静。

如林逋。这一世，他选择平静地度过自己的一生。

古人看过的花，其实也是我们今天看到的花，两者没有区别。这个事实常常把我迷住。然而随着社会工业化进程的脚步，现代的人们离自然、离天人合一的感受，已经越来越远了。现在的人们是否还能以古人般精微的感觉，去备述一种事物呢？林逋与梅一线相牵的情思，现在的我们又有谁能接收，并放在心间？

在天人合一的理念里，树木花草、山陵河泽，都与人有微妙的对应。比如陪伴陶渊明的菊，比如黄梅戏里成就七仙女好姻缘的大槐树，比如让林逋情系一生的梅。如同生命之流的交互涌动，梅拥有妙明真心，风神何其高贵；知梅、爱梅、护梅的诗人与梅又何其相似，洁净沉默，了无尘滓。

只是任谁都想不到，这么一个与情爱绝缘、孤独一世的真处士，竟写下过慢词《长相思》：

吴山青，越山青，两岸青山相送迎，谁知离别情？

君泪盈，妾泪盈，罗带同心结未成，江头潮已平！

上阕写景，"吴山青，越山青，两岸青山相送迎"。两个叠词的运用，色彩鲜明地描绘出江南特有的明丽景色。而一句"谁知离别情"，用拟人手法，怪青山不懂恋人离别的愁绪。这怨恨看似无理，却用山水的无情反衬出人生有恨，别有韵味。

下阕由景入情，"君泪盈，妾泪盈"。临别之际，执手相看泪眼，纵有千般不舍，也只有泪两行。"罗带同心结未成"则道出了情人悲苦难言的缘由。是什么原因让他们各自带着伤痛洒泪而别呢？词人没有交代，只说船就要开了，一句"江头潮已平"，全词戛然而止，只有一江恨水，悠悠不尽。

吴山在钱塘江北岸，越山在钱塘江南岸。千百年来，青翠的吴山和越山看惯了江面上迎来送往的离别场面，世世代代无非如此，对于人间的悲欢离合，它们早已是司空见惯。在这种无动于衷的白描后，还隐藏着词中主人公的另一种抱怨：吴山和越山，你们两个是永远相伴，永远相望，你们怎能理解我们离别的痛苦呢？

大致说来，词是一种安静婉转的文体，含蓄地说一点相思、思乡之类恍兮惚兮的情绪。而林逋这首《长相思》却直截了当，有出自敦煌曲子词般不管不顾的触目惊心，还有先秦文学中那类朴茂作品的影子。

其实，文学发展至北宋，文人们已不满足于前朝四、五、七等的平衡句式，而从民间寻找更加自由、更加平易的表达方式。倒也不奇怪，言之不足，则歌以咏之、舞之蹈之，本来就是人性使然。比如后世元曲常用的失口呼喊，就是文人士大夫阶层于雅正之外的一个情感出口。

这阕《长相思》很短，却笔法婉转：假借女子之口，用了中国民歌中的复沓，回环往复，音律优美而余韵悠长。

或者，也曾深心爱过吧，才深谙相思滋味，写出这样热烈的句子。虽然我们所知道的林逋是在孤山上守着梅度过了一生，但在我们所不知道的故事里，是否有着他缄口不语、秘而不宣的情愫呢？或许他也曾经遇到过一个她，然而终究还是错过。无论是生死两茫茫，还是情深缘浅，终是音尘绝。但无法割舍的相思，总会在心防松懈的一刻悄然入梦。

那女子是谁？我们已无从知晓。只依稀觉得，那人也应如梅般雅丽清绝。当梅开时，煮酒赏梅，犹如有她相伴，他的心不必再千般思量，也不觉得日子孤独；墓中玉簪，许是代替她做了陪伴。

林逋这阕《长相思》，让我又一次确认：现实往往比艺术所描述的更残酷，也更浪漫。

林逋（967—1028），北宋诗人。字君复，钱塘（今浙江杭州）人。

《宋史》载，林逋"少孤，力学，不为章句。性恬淡好古，弗趋荣利，家贫衣食不足，晏如也"。自幼刻苦好学，性格孤高恬淡，不近名利。

早年曾漫游江淮间，中年隐居杭州，于湖山放诸怀抱，常驾舟遍游西湖诸寺，与僧友诗歌唱和，但是绝不涉足繁华，"结庐西湖之孤山，二十年足不及城市"。

爱梅成癖，在孤山种了大量梅花，还饲养了两只白鹤，与梅鹤为伴，不娶妻，不生子，有"梅妻鹤子"的雅称。每日于湖中荡舟自娱，逢客至，童子即放出白鹤，林逋见鹤则棹舟而归。虽交往诸友中不乏达贵，但人若劝其出仕，必婉言谢绝，布衣终身。辞世后，宋仁宗赐谥号"和靖"，世称"和靖先生"。

林逋素简自适的生活态度对后世影响极大，不乏效仿之人，但古往今来，有几人心性如和靖先生一样澄澈通透？

据传林逋作诗随就随弃，自己从不留存。今存词三首，诗三百余首。

后人辑有《林和靖先生诗集》四卷本。

林逋代表作

点绛唇

金谷年年，乱生春色谁为主？余花落处，满地和烟雨。

又是离歌，一阕长亭暮。王孙去，萋萋无数，南北东
西路。

译释

金谷春日，年年绿草如茵，春色无主。落花在细雨中无声凋零。又
是离别的黄昏，远游之人已启程，送行的人犹自恋恋不舍，唯见芳草萋
萋通往四方，茫茫天涯路。

名家点评

张先：湖山隐后家空在，烟雨词亡草自青。

薛砺若：林逋的《点绛唇》为词中咏草的杰作，词境极
冷绝凄楚，与欧阳修的《少年游》、梅尧臣的《苏幕遮》，
都为咏春草的绝唱。

范仲淹

之二

宋朝第一人：入可治国，出可安邦

剔银灯·与欧阳公席上分题

昨夜因看蜀志，

笑曹操、孙权、刘备，

用尽机关，

徒劳心力，

只得三分天地。

屈指细寻思，

争如共、刘伶一醉。

人世都无百岁。

少痴騃、老成尪悴。

只有中间，

些子少年，

忍把浮名牵系？

一品与千金，

问白发、如何回避？

宋·范仲淹

范仲淹，他实在是太累了，一路奔波，没有一点停歇的时候。所以他不得不躲到杭州休息片刻，抿几口酒，写几首词，再抬脚前行。

先上一首《苏幕遮》，是一杯酒，也是一杯泪：

碧云天，黄叶地，秋色连波，波上寒烟翠。

山映斜阳天接水，芳草无情，更在斜阳外。

黯乡魂，追旅思，夜夜除非，好梦留人睡。

明月楼高休独倚。酒入愁肠，化作相思泪。

这首词是这样缠绵无尽。元代王实甫将它整个词意直接拿去，魔术师的道具似的，"呼啦啦"一番手眼身法，变天变地，就将这杯酒勾兑成了《西厢记》，醉了无数后世之人。

文字是生命的写照。没有被扭曲的心灵应当是自由、优雅的，可总会被伤害。从某种意义上说，宋词担当了修复心灵的功用。

比如范仲淹，中学课本上《岳阳楼记》的作者，北宋杰出的政治家、文学家，一派"虽千万人吾往矣"的胸襟和"众人皆醉我独醒"

的风范，多么坚强乐观的精神。你能想象这样的人会哭泣吗？

但是在词里，他流泪了——忍不住地流泪。

杭州历来与诗人有缘。白居易执政杭州，政通人和，风调雨顺，曾有"日出江花红胜火，春来江水绿如蓝"这样浓烈的句子，写杭州的美艳动人，让我们对一座城充满了渴望。

同样是诗人，范仲淹就没有那么幸运。他在杭州任上经历了罕见的大饥荒——这座城市的另一种景象，使他心头坠石：江花开似血，江水流成碧，惨不忍睹。

看到饿殍横倒在路旁，逃荒的人东奔西窜，作为父母官，他心痛。但他没有像其他地方官员一样，马上开仓放粮，而是创造性地实施了三项不为常人理解的政策。当其他州府"饿殍盈野"时，杭州却因此"里巷康衢，垂髫怡然"了。

这些被非议的政绩，实打实给老百姓带来了好处，比起修堤的功德，毫不逊色。

来看看吧，范仲淹到底有多么了不起：

第一条，大兴土木，修粮仓和公共住房，以工代赈。

第二条，大力发展旅游业。

这种有目的地增加就业人员、拉动内需，以及扩大消费、刺激经济复苏的理论，一直到20世纪30年代才被西方的经济学家所认识，而范仲淹比他们早九百多年就做到了。

第三条，提高粮价。这一条在当时更为世人所不解：荒年粮价暴涨，已经够叫人头痛了，现在政府还张榜将粮价抬高，这不是让灾民雪上加霜吗？

但这样一来，粮食从外地运入杭州，源源不断，很快供大于求，粮价渐渐回落……这些举措，既解决了运输问题、缺粮问题，又遏制了粮价，保证了城市粮食的正常供应。

客观有效的宏观调控，本是利国利民的好事，但范仲淹的做法却受到了监司的攻击。而与他推行新政所受到的排挤相比，这些攻击已经算是温柔的了。

范仲淹一生主张变革，以利民生，但是政治历来是复杂的，在为官的三十多年时间里，他屡次得到重用，又屡次被贬谪。颠沛流离与打击诽谤，反反复复来来去去，使他身心俱疲。

面对仕途的不如意，陶渊明选择了"采菊东篱下，悠然见南山"；李白选择了"且放白鹿青崖间，须行即骑访名山"；苏轼选择了"人生如梦，一樽还酹江月"……范仲淹在酱缸一样的官场里，却选择了"先天下之忧而忧，后天下之乐而乐"。

同样是解脱，陶渊明、李白和苏轼将自己置于广袤的大自然和浩瀚无穷的宇宙中，去溶解如过眼云烟的功名利禄，在心灵上找到平衡点；范仲淹却将社稷和芸芸众生绑在一起装进心里，告诉自己：无论是居于庙堂还是处于江湖，都要担当起为天下百姓谋福祉的责任。

然而现实黑暗如铁。

万千愁绪，如何消解？也只有临风对月，化作数行泪：

> 纷纷坠叶飘香砌。夜寂静，寒声碎。真珠帘卷玉楼空，天淡银河垂地。年年今夜，月华如练，长是人千里。
>
> 愁肠已断无由醉，酒未到，先成泪。残灯明灭枕头敧，谙尽孤眠滋味。都来此事，眉间心上，无计相回避。
>
> ——《御街行·秋月怀旧》

都是平常字，浅切圆活，熨帖，舒展。或者就是写的思念；或者借思远人抒推行新政受阻、怀抱不舒的愁绪，也无不妥。

晚唐到五代时期，自谓延续了大唐繁华的南唐，的确出了一位延续大唐诗歌盛景的皇帝：李煜。李煜兼亡国之君与"千古词帝"的双重身份。他将民间的小曲小调变优雅了，还特别善于写"愁"，失国之愁用"离人心上秋"一样的心思写出来，就具备了石破天惊的东方之美。

北宋以词为盛，也赓续了李后主词意之真、之愁、之精细。

作为文学意象，秋天与中国传统的知识分子格外相契。这个季节代表了他们的孤傲凄清、忧郁惆怅，以及人格理想和道德追求。作为一种哲学象征，秋天似乎也很适合表现道家的自然之旨和佛门禅中的虚空意境。它刊落五彩，一面极尽绚烂，一面洗净繁华，深得阴阳虚实相生相克的真谛。

人性的幽微繁复亦如此季。志士贤者作诗赋词除了说风骨、道真义之外，另有情思漫卷。范仲淹亦在此列。于是在秋天，借着一个女子之口，范仲淹将自己满腹情思，用词来浇注成形。一首词是一大哭，一滴含泪未流，是上阕；一滴奔涌而出，是下阕。

纷纷坠叶飘香砌。夜寂静，寒声碎。

——枝头再也牵不住树叶，任其凋零，星星点点飘落大地，铺向天边，而四下寂静，衬得落叶声更加凄凉。

宋词最宜说细节，电影慢镜头似的。秋夜，落叶离枝的声音传入耳中，添了愁绪，轻叹时间流逝，自己转眼就老，而生出无限惆怅，却无处可诉——那个出远门（或赶考，或经商，或云游访友）的人，此刻不知走到什么地方了。

真珠帘卷玉楼空，天淡银河垂地。

——"真珠帘卷"，也难抵"玉楼空"。居所静美如斯，却只是加深了哀愁。帘外景致亦绝美：银河缓缓垂落到地面，与人间相接。然而如此美景如果不能与你同看，还有什么意义？

那么多词人写过珠帘、玉枕、屏风、碧纱橱，这些东方美学特有的意象群，其中情致常常只可意会不可言传。也是延续了唐诗的生活品质和生活经验，在宋词这里放大和发展了。

年年今夜，月华如练，长是人千里。

——每年今夜，月色都皎洁如故，心头却幽暗难言：你远在千里之外，不得相见。

歇拍两句所传达出的离思之深、离愁之长，动人心弦。

愁肠已断无由醉，酒未到，先成泪。

——心中有愁，才会万事万物入目入耳，无不带愁。此情此景，怎能无酒？于是，借酒浇愁愁更愁，酒未饮，泪先流。

在宋代，联络不便，驿路迢迢，一旦离别，便是一劫：生和死都难知晓，胖和瘦无可揣摩……未知使人恐惧，使人愁。

残灯明灭枕头敧，谙尽孤眠滋味。

——灯油快燃尽了，斜枕乱倚，心不静，怎能安睡？孤枕难眠的残酷，荆棘一样真实，无可回避。想到自己流逝的青春，见不到远方的人，高远的使命与短暂的人生……心中五味杂陈，百转千回，却无能为力。

不用写海誓山盟，只几个眼前意象，便画出相思心绪：

都来此事，眉间心上，无计相回避。

佛说，人生有八苦。最沉重的，便是这"爱别离苦"，爱而别离，还不如死了好受——一了百了，不用再这样纠缠不清。谁的离别和思念都是一样的过程，一样的乱纷纷，没个究竟。

这一首词里的思妇，困在自建的愁城里，什么都做不得了。

心怀天下却一步一个坑的范仲淹，纵然愁苦，却什么事都做着，什么事都没耽误。

宋词有很多种读的方式。"歌、唱、诵、读、吟、咏、哦、叹、哼、呻、讽、念"，小声是唱，大声是歌；小声是吟，大声是咏；诵有节奏，读没有节奏……种种不同方式的变换，加上通俗易懂的字句，让词这种文学形式格外生动，成为坊间巷陌的流行歌曲。

词牌本身也带有自身的气质。听一听"渔家傲"三个字，就与"苏幕遮""点绛唇"之类感觉大有不同。"苏幕遮"是被用来温婉抒情的，"渔家傲"则是豪放派常用的词牌，壮志冲天。两者比较，有如甲胄在身的武士与闺房太息的女子的区别。范仲淹的《苏幕遮》

是拟女子口吻的思妇，而《渔家傲》则落笔绝尘，大气浑朴，像一个心怀大志的人伴着满地严霜，重重落脚，慢步行走。

范仲淹，这个文官做成的武将，在距家乡江南千万里的边城，继续着征程。时代的悲壮之音迤逦到他的词里，加上覃思笃悟的作料，就变成了另一种形式的陈情表。

范仲淹在守边时，曾经作《渔家傲》数阕，都以"塞下秋来"为首句，行文痛快到叫人见了就想大声朗读出来。这种词的意境在宋初词坛上别具只眼。如果说杜甫《登高》中"潦倒新停浊酒杯"是诗人哀莫大于心死的写照，那么范仲淹的《渔家傲》则活画出了他军旅生活的艰辛。

《渔家傲》里面也有泪——那是范仲淹的第三杯泪："将军白发征夫泪"。

> 塞下秋来风景异，衡阳雁去无留意。四面边声连角起。千嶂里，长烟落日孤城闭。
> 浊酒一杯家万里，燕然未勒归无计。羌管悠悠霜满地。人不寐，将军白发征夫泪。

这是范仲淹《渔家傲》中流传最广的一首。

孤城、长烟、落日，是所见；边声、号角声、雁鸣，是所闻。千嶂孤城是边疆的荒寒景象。防守危城，天长日久，难免起乡关之思。

"浊酒一杯家万里",一杯浊酒销不了浓重的乡愁,这"一杯"与"万里"之间形成了悬殊的对比。浑厚有力的词句撼人心弦,有情有忧思,更是对宋王朝重内政轻外防、消极防御政策所造成的严重后果的真实写照。

西夏元昊称帝后,马上在夏州(今陕西靖边)设置冶铁务,专门制造兵器,目的只有一个:进攻北宋。1039年两军开战,北宋始尝败绩。

康定元年(1040),也就是西夏建立的第二年,范仲淹自越州改任陕西经略安抚副使兼知延州(今陕西延安)。延州为西夏出入关要冲,位于黄土高原的丘陵沟壑区,北临白于山,西部子午岭,东、南大部分为沟壑地貌,四周全无接应之地,在当时是实实在在的一座孤城,战线长,但防守力量薄弱,西夏军队在这里已经几进几出,双方各有胜负。

面对越来越强大的对手,范仲淹首先攻下夏州冶铁务,一举断绝了西夏军队的兵器来源。随后,他调集两万军队,兵分六路,攻破了西夏十一座城堡,直抵洪州(今陕西靖边洪门镇)。西夏军队并不示弱,据险固守,同时下令横山(今陕西榆林市横山区)地区的蕃部部落截断宋军退路。宋军失利,被迫撤离西夏本土。

此一战后,宋军将士们被打散,零落各地,城寨被烧光了,百姓流离失所。面对满目荒凉,范仲淹心急如焚,他马不停蹄选将练卒,招抚散兵,增设城堡,开仓赈济流民。他自己也简朴度日,从不食肉，与士兵和百姓同甘共苦。众志成城，西夏人开始传诵一句话："小范老子，胸中自有数万甲兵。"当时西夏人称呼知州为"老子"。

与此同时，范仲淹主动与对方的羌民沟通，给予许多物质上的照拂，以诚相待；后来，竟然连羌民也尊称他为"龙图老子"。范仲淹的《渔家傲》传到敌方军队里，对方将士也感动得流泪，因为这阕词也说出了他们内心的愁苦。一首词的魅力竟至如此。

在范仲淹镇守边疆的那段时间，西夏再也没有发动大规模的侵犯。范仲淹培养出狄青、种世衡等武将俊才，使西北边境重现和平。

庆历二年（1042）十月，范仲淹上书《让枢密直学士右谏议大夫表》，详解两年前的战事：

> 昨寇逼三川，其势可图，而葛怀敏等入贼伏中，一战大溃，杀伤满野，驱掠无算。臣以本路多虞，救援不早，臣方痛心疾首，日夜悲忧，发变成丝，血化为泪……自西事以来，延安东路、北路官军伤折万余人，并金明、承平诸寨杀虏过蕃部万余户，约四五万口，及麟府丧陷，镇戎三败，杀者伤者前后仅二十万人矣。死者为鱼肉，生者为犬羊……

"痛心疾首，日夜悲忧，发变成丝，血化为泪……"这就是为什么有"将军白发征夫泪"的词句了。他的白发因悲伤和忧愁而生，他的眼泪不是为他自己而落，而是为将士、为苍生、为国家危难而落。

肆

是这样荆棘遍布的人生。有喜有悲；有醒有醉；有以酒壮行昂扬阔步的豪迈，也有借酒浇愁垂手而立的无助……合成一个外承铁肩道义，内禀柔肠恩慈的人。

天降大任，范仲淹一生都以苦难为将养：

在他不足三岁时，父亲去世，母亲带他改嫁山东，改名"朱说（yuè）"，直到大中祥符八年（1015）他考上进士，都还是用的这个名字。

因为家贫，也因为母亲改嫁后诸多不便，范仲淹很小就借住寺院读书。每天晚上，他用糙米煮好一盆稀饭，等第二天凝成冻后，用刀划成四块，早上吃两块，晚上再吃两块，这就是"划粥"。没有菜，就切一些腌菜下饭，这就是"断齑"。他抵御住好心人送来可口饭菜的诱惑，而坚持"断齑划粥"，心中是存了壮士断腕的大悲壮的。

刚及第做上九品小官，有了微薄的俸禄，范仲淹就将母亲接到身边奉养，到三十五岁左右时才结婚。天圣四年（1026），范仲淹尽孝十年后母亲去世；他快五十岁时，妻子也去世了。

明道二年（1033）七月，天下大旱，蝗灾蔓延，江淮和京东一带灾情尤其严重。为了安定民心，范仲淹火速回京汇报，并将灾民充饥的野草带回朝廷。见仁宗对赈灾态度不积极，范仲淹厉声质问："如果宫中停食半日，陛下该当如何？"

景祐三年（1036），范仲淹因不满宰相吕夷简把持朝政，培植党羽，任用亲信，向仁宗皇帝进献《百官图》，对宰相用人制度提出尖锐批评。

因言获罪的事情举不胜举，让他屡屡陷入被动，数次险遭杀身之祸，以至于被贬时，除了三两知己，竟无人敢送别。好友梅尧臣作文《灵乌赋》，力劝范仲淹少说话、少管闲事、保全自己，他却回作《灵乌赋》，强调自己"宁鸣而死，不默而生"，也是倔强到底了。

庆历三年（1043），范仲淹被调回汴京，因决事如神，京师童谣说："朝廷无忧有范君，京师无事有希文。"后来他推行"庆历新政"，耗尽心血。之后，他历仕多地，顺流而下到生命的下游，坦然面对前路未知的折磨。

范仲淹曾在诗中写道：

"可负万乘主，甘为三黜人。"

"雷霆日有犯，始可报君亲。"

以面折廷争、日犯雷霆的言行来坚持原则，来报答朝廷的知遇之恩，这样的忠诚，正是独立不迁的仁者风范。宋人张镃《仕学规范》卷中，记载了范仲淹一句话："公罪不可无，私罪不可有。"这是一种有趣的说法：因公获罪，我并不看作是犯罪啊——或者他还引申为一种光荣。

在一个人治而非法治的社会里，正是因为有了像他这样"歌罢清风两腋，归来明月千门"的士大夫，才有黎民百姓的一线生机。他们给"衮衮诸公"以白眼，将被侮辱者和被损害者护在身后，用自己的前途乃至生命来为政治一次次纠偏正误。

他们是每一个时代的参天大树，护芸芸花草一方福荫。

词人小传

范仲淹（989—1052），北宋政治家、文学家。字希文，苏州吴县（今属江苏）人。

幼年丧父，随母亲谢氏改嫁山东淄州长山朱文翰，改从其姓，取名朱说。自幼勤勉，几次离家刻苦读书，虽难得温饱，也自得其乐。二十六岁及第，授广德军司理参军，迎母归养，改回本名。

后历任泰州西溪盐仓监（负责监督淮盐贮运及转销）、兴化县令，修筑海防堤坝，杜绝了海潮倒灌淹没良田、毁坏盐灶的大患，保护了盐场亭灶和大片农田民宅，惠民深远。仁宗时任秘阁校理，后调任睦州、苏州、饶州、润州、越州等地，所到之处，造福无数，民声极好。

为人忠直，极言敢谏，曾主持"庆历新政"，一生多次遭贬。

五十岁时戍边西北，治军有方，将十二座要塞修筑为城池，使流亡百姓和羌族回归。四年后，西北党项首领李元昊向北宋称臣，西夏不敢来犯。西北遂定。

六十四岁奉命自青州调任颍州途中，于徐州病逝，仁宗加赠兵部尚书，谥号"文正"。

以易学闻名，诗、词、散文卓然出色，上继李白、杜甫、韩愈、柳宗元，下启欧阳修、曾巩、"三苏"、王安石等，与穆修、柳开一起，为北宋的诗文革新运动奠定了基础。

有《范文正公集》传世，通行有《四部丛刊》影明本，附《年谱》及《言行拾遗事录》等。

范仲淹代表作

定风波·自前二府镇穰下营百花洲亲制

罗绮满城春欲暮，百花洲上寻芳去。浦映芦花花映浦。无尽处，恍然身入桃源路。

莫怪山翁聊逸豫，功名得丧归时数。莺解新声蝶解舞。天赋与，争教我辈无欢绪。

译释

春天就要过去了，满城人都穿着华丽的衣衫去百花洲上寻芳。河水蜿蜒，和花的妩媚相辉映，一直绵延到天涯，老夫行走在这里，像在桃花源里把歌踏。

莫怪山翁我偶尔寻一点乐子，功名命定，人何须妄自嗟呀。莺儿放声唱歌，蝶儿翩翩起舞，享受着上天赋予它们的本能，世间万物欣欣向荣，我又怎能沉浸在悲伤里，错过眼前的欢乐？

名家点评

欧阳修：公少有大节，于富贵、贫贱、毁誉、欢戚，不一动其心，而慨然有志于天下，常自诵曰："士当先天下之忧而忧，后天下之乐而乐也。"

王安石：一世之师，由初迄终，名节无疵。

苏轼：出为名相，处为名贤。乐在人后，忧在人先。经天纬地，阙谥宜然。贤哉斯诣，轶后空前。

元好问：文正范公，在布衣为名士，在州县为能吏，在边境为名将，其才其量其忠，一身而备数器。在朝廷，则孔子之所谓大臣者，求之千百年间，概不一二见，非但为一代宗臣而已。

况钟：仰止范文正，宋朝第一人。

之三

寇準

如果你生活在一个缺少阳刚之气的王朝

甘草子·春早

宋·寇準

春早。

柳丝无力，

低拂青门道。

暖日笼啼鸟。

初坼桃花小。

遥望碧天净如扫。

曳一缕、轻烟缥缈。

堪惜流年谢芳草。

任玉壶倾倒。

是冥冥之中自有定数吧，一首《江南春》对于寇準，犹如谶语。

那是北宋仁宗执政的天圣元年（1023）的春天，寒意尚存，小麦的青气才刚刚冒出地皮，春水开始化冻，在欢快地流淌。两匹驿马远远地相向而行，一匹从汴梁（今河南开封）出发，载着朝廷的圣旨：调寇準回衡阳（今湖南衡阳）任职，那里距离京城汴梁较近；另一匹马则驮负着寇準刚刚离世的消息前往汴梁。两条消息，两匹马，一喜一悲，在人生的长旅中，就这样同时飞奔着……从此，世上再没有一位情深似水、行气如虹的诗人，没有了那个留一把稀疏胡须、剩一身如柴瘦骨的寇準。

从此，大宋也好像死去了。

就像更早时候的屈子在《离骚》里叙说的一样，寇準和他的两任国君——太宗和真宗，也曾有过心心相印的时刻，是美人和佳士似的亲密关系：传说圣上生气，会叫他"寇老西"，他也敢扯住圣上的袖子直眉瞪眼地进谏，直到圣上接受为止——那也是柔情之一种啊。

有个叫张咏的人，生性骄傲，当时在成都为官，而寇準刚当了宰相，他们两个算是老朋友了。张咏见寇準位高，内心酸溜溜的，颇为不忿，觉得自己各方面都比寇準强，于是对自己的僚属说："寇公是奇才，可惜学问权术不够。"

一次，寇準出差到陕州，张咏恰好从成都罢职回来，两人都到了陕州。

寇準与张咏性情正好相反，寇準对谁都很热情，也很尊敬，听说张咏来了，就给张咏安排了住所，还订了包间和酒菜，并且早早过去，等着老朋友到来。这位张公姗姗来迟，推杯换盏，开怀叙旧。最后散席要走了，寇準一直送到郊外，问张咏："您有什么教我的？"

张咏本来碍着面子，不好意思说什么，这时候实在按捺不住，于是脱口而出："《霍光传》这本书，你不可不读啊！"

一句话没头没脑，寇準没明白他的意思，张咏也不说，拱拱手，昂首快步上马，扬长而去。

回来后，寇準取书读，读到"不学无术"四个字时，笑着说："张公这是说我啊！"

不学无术，这个词安给一个痞子也未尝不可，可寇準却笑着接受了。他并不报复或争辩，尔后还恭恭敬敬地把张咏当师友走动，这就不简单了。

说到底，有多大胸襟，成多大气候，这话一点不假。正像苏轼《留侯论》里所说："古之所谓豪杰之士者，必有过人之节。人情有所不能忍者，匹夫见辱，拔剑而起，挺身而斗，此不足为勇也。天下有大勇者，卒然临之而不惊，无故加之而不怒。此其所挟持者甚大，而其志甚远也。"所谓大勇，以至大智、大才，无不性缓、气和，临大事或处惊变尚且泰然自若，与人交往或交割就更是敦厚温文了，为真豪杰。

这样一个志存高远的人，为官刚直也就不足为怪了。

北宋民间说寇準："有官居鼎鼐，无地起楼台。"说他官居一品，却没钱建房子。当真是没钱"无地起楼台"吗？不是的。有钱是真，不起楼台也是真。

寇準对自己的处境十分清楚。他要做大事，就可能获大咎，不宜积财置产，以免增添疑忌，也便于被贬黜外地时，带几件衣裳，随时就走，没有拖累。

但他又是个喜欢享乐的人，钱来了就花，不存。他喜欢听歌，酒余茶后经常叫一些歌女唱歌排忧解闷，一掷千金不当回事。一次，一个妙龄歌女清唱，寇準见她面目姣好，歌声圆润，一时兴起，就赏她一匹绫缎。想不到歌女还嫌赏赐少，一脸的不高兴。

寇準身边有个侍妾叫蒨桃，见到这个情形就写了一首劝讽小诗《呈寇公》：

> 一曲清歌一束绫，美人犹自意嫌轻。
> 不知织女萤窗下，几度抛梭织得成！

同时代的欧阳修在书中记载寇準的奢侈生活：寇準来自邓州，世家子弟，少年时期就特别奢华，人家点的都是油灯，他却喜欢点上大蜡烛听戏剧，一点就是一整夜，离开之后，家里的下人到房间去打扫的时候，发现烛泪流了一地。

宋代的蜡烛，大多取自蜡虫的分泌物，称之为"白蜡"。据《宋会要辑稿》，宋神宗年间，朝廷给予官员的奠仪包括"秉烛每条四百文，常料烛每条一百五十文"，可知宋代每根蜡烛的价格为一百五十文至四百文不等，相当于一名城市下层平民两三天的收入。

如此奢侈的生活，寇準一过就是一生。

不过，他花的都是自己的钱，这没有异议。寇準出身望族，自小生活优渥，到十九岁中了进士，因为一身好本事，又有家族扶持，所以一生都居高位，在开封府尹、枢密使、宰相、节度使等官职上跳来跳去，不缺钱花。

时人对于寇準"无地起楼台"深以为异，其实不难理解。望族显位，有的是机会见识宦海沉浮，见多了风云莫测，总会有人生如梦、对酒当歌的幻灭感。寇準身为权贵，却也常常为了家国社稷得罪权贵。纵然圣眷恩隆，却也天威难测，随时有贬官、抄家的可能，每一天都有可能是在京城的最后一天……得了，能享受就尽情享受吧。

中国百姓特别善良，只要你为国家办事，为人民谋福，就深心维护，甚至千方百计美化你——后世代代传颂，将喜宴饮、爱歌舞的寇準，变成了朝服上补丁摞补丁的大清官。在评书《杨家将》中描述说，寇準头上戴的纱帽翅由于年头太久了，又旧又破，还得用东西在前面绑着，也还往下耷拉。只能说，封建王朝的底层百姓太可怜，遇到一个能为百姓着想的官，就感恩戴德，恨不得当神供起来。

贰

寇準从政一生，最大的功绩是促成宋真宗御驾亲征，稳住大宋。它让整个大宋像一件铁器，终于淬火，稳稳成形。

景德元年（1004）九月，辽军南侵，边防告急，宋真宗在宫里召见群臣征求意见，要大家商讨对策。

宰相王钦若是江西临江人，请皇帝暂避到金陵去；掌管全国军政大事的知枢密院事陈尧叟是四川阆中人，请皇帝暂避到成都去……总之，大家都要求"避"。让人无端想到，若敌人大军临前，他们大概率是"降"。

圣上最后才征求寇準的意见。当时寇準任集贤殿大学士，也行宰相之职。

寇準反问："不知是谁替陛下出的这南迁吴、蜀的主意？"

圣上说："你别问是谁出的主意，只说说这个主意怎么样？"

寇準正色道："我认为应该斩了这个出主意的人去祭旗，然后出师北伐！陛下神武，将士忠勇，如果御驾亲征，一定能够克敌制胜。不然，也可以出奇兵以扰敌人，或者坚守以困敌人。辽军远征，彼劳我逸，胜算在我手中，何必要抛弃祖宗陵墓、半壁河山，跑到千里之外的吴、蜀去？我能去，敌人也能去，根基一动，人心瓦解，天下还能保得住吗？"

这番话下来，宋真宗才下了御驾亲征的决心，也才有了后来最大限度保护百姓利益和维持安定的"澶渊之盟"，一举赢得了百余年的宋辽和平。

寇準执着的意义，不只在于物质上的守持，更在于精神上的安邦。

寇準的姓氏非常有来历。

寇氏远祖原为苏姓，曾在西周时任司寇，因屡建大功，所以武王将这个官职赐为姓。一代代传下来，遂成殊荣。建隆二年（961），南唐元宗李璟逝世，他的第六个儿子李煜继位，同年寇準降生。这个娃娃八岁就会作诗，十五岁熟读《春秋》，十九岁中进士。在"五十少进士"的封建时代，这几乎是个奇迹。

也正是李氏王朝迅速没落、赵氏家族平地崛起的契机，将寇準推上了历史舞台。宋太祖赵匡胤打下天下，将政权交给了一母同胞的弟弟赵光义，赵光义史称宋太宗，他迫使吴越国钱俶及割据漳、泉二州的陈洪进等归附，将版图扩大到东南沿海，又马不停蹄，亲征太原，一口气结束了五代十国的分裂局面。胜利喂饱野心，削平天下似乎成了他唯一的目标。辽国不甘示弱，一直在拼命反击——两国一直处在战争状态，边境摩擦不断，双方都憋了一口气，打算将对方锤扁。

太平兴国四年（979年）五月，宋军与辽军在高粱河畔展开激战。辽国萧太后亲自率兵出征，同行的是辽国的皇帝和萧太后的情人——韩德让。辽兵善骑射，攻势凶猛，宋军大败，宋太宗被射伤，乘驴车逃走。这个重创一直到宋真宗时期仍赫然在目。

宋代之前，历代王朝大都重武轻文，武将担负着保江山的重责，文臣地位相对较低。至宋代，则是重文轻武，因此国防薄弱，面对外侮往往只能以重金求和。至真宗时，大宋积贫积弱已经很久了，一论战事，则主和派云集，主战派寥寥，长久的败绩让绝大多数人的膝盖软了下去。

寇準就是在太宗执政时步入仕途的。他十九岁任大名府成安县（今邯郸市成安县）知县，三十三岁即做到参知政事（副宰相），仕途顺利，而且刚正不阿得有些过分——就算死也要进谏，也要主持正义。有这样一位大臣在，即便所有的膝盖都磕得稀碎，大宋也能撑得住——"澶渊之盟"的签订几乎是寇準一力促成。

国家积弱之下，寇準完全可以像其他大臣一样做最保险的选择，他的个人利益不会因为求和而受损，但他没有这样，因此寇準了不起。

但寇準并非好战分子。骨子里，他是很温厚的人。这一特点，在他的作品中体现得尤其明显。

一切艺术都有自己的时代印记，有属于这个时代的特点。以雕塑为例：唐代佛像丰隆、华丽、端庄、慈悲，宋代佛像则平易近人、灵秀温柔。宋词也是如此。两个时代对女性的审美迥异，一如两个时代各自的特征。细究起来非常有意思。

一个人的性情往往也决定了他的命运，艺术秉性尤其如此。寇準的诗词，一如他的性情：有点伤感，有点自恋，朴素而深情，细腻且温柔。

看这首《踏莎行》，里面没有隐喻大事和大想法，更不见雄心和壮志，只是柔治本性：

> 春色将阑，莺声渐老，红英落尽青梅小。画堂人静雨蒙蒙，屏山半掩余香袅。
>
> 密约沉沉，离情杳杳，菱花尘满慵将照。倚楼无语欲销魂，长空黯淡连芳草。

整首词说的是思念。与几乎所有宋词一样，画面感极强。在唐诗里，我们找不到哪一个男人——尤其是一位以铁腕著称的国家重臣，写过"密约""离情"，乃至"懒照菱花"之类的话。在宋词里，我们却常常看到这种情绪。

上片起首三句写暮春残景。像一个巨大的、一眼看不到边的黄昏，忽闪着翅膀压了下来，为女主人公的伤春营造了足够的气氛。接着，视角由室外转向室内，由写景转到写人。房屋是华美的，此刻静无人声，正满盛着女主人公的孤独；屏风掩住了室内景象，只见那尚未燃尽的沉香，余烟袅袅。下片写女主人公在失望中，又一次回忆起依依惜别时私下的约言，然而对方一直杳无音信……句句加深，层层加重的复叠手法，将思念表现得沉挚凝练。

最后的两句我很喜欢。用叙述来处理抒情，能有效地防止过度抒情，这份克制，保证了整首词所抒发的感情是朴素真实的，有微微的惆怅，并不呼天抢地。以景起，以情结，读起来很舒服，仿佛雨天要出门，不用吱声，有人悄悄递给你一把伞。

时间在这里不是日历或者钟表上的数字，而是实实在在的光阴。

这字里行间，所有的东西都被覆上了脉脉温情，如小溪潺潺流淌。这就是宋词的魅力之所在。

寇準有另一首更加开阔的词作——《阳关引》：

> 塞草烟光阔，渭水波声咽。春朝雨霁轻尘歇。征鞍发。指青青杨柳，又是轻攀折。动黯然，知有后会甚时节。
>
> 更尽一杯酒，歌一阕。叹人生，最难欢聚易离别。且莫辞沉醉，听取阳关彻。念故人，千里自此共明月。

整首词化用王维的《送元二使安西》诗意，主题是送别。刚刚下过的春雨，把空气中的浮尘都打湿了，风尘尽洗的柳树也显得格外青翠。渭水边，波涛声如呜咽，马不安地低嘶着，催促人远行。千年古道琵琶曲，听弦声犹在，酒饮沉醉。

尾句"千里自此共明月"韵味悠长，情意深厚，苏轼后来《水调歌头》中"千里共婵娟"的创作或许也受到此句的影响。没错，就是这意思：让那些如愿以偿的爱如愿以偿好了，让那些无奈分离的爱就此分离好了，反正你我可以同时看到这么美的明月。

这首《阳关引》貌似在意境上没有新意和突破。但纵观整个宋词史，直到这首《阳关引》面世，才一改送别词一味离愁悲苦之音，呈现出哲理性的劝慰。苏轼之前，离别词中开阔达观的境界和情怀并不多见。

人过直则易折。寇準的后半生，一直伴随着贬谪。

最后一次贬谪，起因是他惩办了一个霸占别人盐井的人——王蒙正，因此得罪了皇后刘娥。刘娥是宋真宗的正宫，把持朝政多年，至死不肯还政于接班人宋仁宗，历史上将她与汉朝的吕后、唐朝的武后并称，可见其手腕。

王蒙正有个长得非常漂亮的女儿，一开始被当时还是太子的仁宗看上了，不过刘皇后觉得女孩子太漂亮不是社稷之福，便做主将她许配给了自己娘家的人，于是王蒙正一下子就跟刘皇后成了亲戚。正因为有了这层关系，王蒙正才作威作福，欺负别人。

寇準惩办王蒙正，就等于得罪了刘皇后，为自己日后被贬埋下了隐患。但最终导致被陷害的，却是执政之争：

真宗后期，患上了一种怪病，类似于精神分裂症，一会儿清醒一会儿糊涂，所以很多事情就交由刘皇后处理。真宗清醒时，将当时十来岁的太子仁宗托付给寇準等几位辅政大臣，可一会儿糊涂时，又听信谗言，将寇準的宰相之职罢免了，贬去蛮荒之地雷州。没有了辅政大臣的帮助，太子自然就无法参政。这一切围绕执政权的明争暗斗，大臣们虽然看得明了，却敢怒不敢言。

仁宗继位后，想起寇準，于是就出现了文章开始的那一幕：下圣旨重新起用寇準。但一切都晚了。这一次，来来回回的驿马再也带不回曾经的"寇老西"，只收到一纸噩耗!

在远离家乡、远离宴饮歌舞的潮湿之地，在国土的南端，寇準眼前的世界随着微薄的暮色慢慢消失。朔气鼓动着南风在暗夜里飘荡。终于奔波累了，六十二岁的寇準永远地闭上了眼睛……

词人小传

　　寇準（961—1023），北宋名相、诗人。字平仲。华州下邽（今属陕西）人。

　　出身望族，其父被封为国公，追赠太师尚书令，但他在寇準幼年时就去世了。寇準聪颖好学，十九岁及第入仕，以刚直足智著名，其政治才能深得宋太宗器重。景德元年，辽国重兵南下攻打北宋，寇準力排众议，一力促成真宗亲临澶州前线抗击，从而稳定了军心，使宋辽双方订立"澶渊之盟"，结束了长达百年的宋辽军事冲突，为两国带来了之后一百二十年的和平。

　　寇準任宰相后，不讲门第，唯才是举，多取寒门俊杰，因此成为权贵世家的眼中钉。真宗受人挑拨，对寇準逐渐失去信任，寇準一再遭贬，贬至雷州司户时死于任上。寇妻奏乞归葬故里，因所拨费用不足，归葬中途钱已用完，灵柩只得寄埋洛阳巩县。后仁宗为他昭雪，迁坟归乡，恢复太子太傅、莱国公称号，赠中书令，谥号"忠愍"。一代名相，就此归于尘土。

　　寇準于朝堂刚直足智，生活中却洒脱不羁，风趣幽默，有许多趣事流传民间，为人所津津乐道。

　　其诗风与宋初山林诗人潘阆、魏野、"九僧"等近似，被列入晚唐派。作词不多，但颇可读。

　　《全宋词》共辑其词四首，传世诗作有近三百首，存世《寇莱公集》七卷，《寇忠愍公诗集》三卷。

寇準代表作

江南春

波渺渺，柳依依。孤村芳草远，斜日杏花飞。江南春尽离肠断，蘋满汀洲人未归。

译释

烟波浩渺，岸边柳叶翩翩，芳草连天。夕阳西下，村落荒寂无人，杏花飞满天。

江南的春天倏忽便逝，蘋花已生满汀洲，心上人却未回还。

名家点评

赵光义：朕得寇準，犹文皇之得魏徵也。

梅毅：寇準乃"真宰相"，有才有度，但其所作词却清丽柔美，意境纤丽，大不似其人风格。

之四

潘阆

无拘无束，才能成就世间逍遥

酒泉子（十之二）

宋·潘阆

长忆钱塘，
临水傍山三百寺。
僧房携杖遍曾游。
闲话觉忘忧。

旃檀楼阁云霞畔。
钟梵清宵彻天汉。
别来遥礼只焚香。
便恐是西方。

从前有个人名叫潘阆，他倒骑着驴，四下游走，处处履痕处处诗，却是出了名的脾气古怪。宋代诗人魏野《赠潘阆》云：

> 昔贤放志多狂怪，若比今来总不如。
>
> 从此华山图籍上，又添潘阆倒骑驴。

同林逋一样，潘阆也是宋初的隐士。不知中国什么时候就有了隐士——也许从二十四节气形成之初就有了吧？几千年里，寒食清明，雪后飘着的几缕炊烟，一直证明着他们的存在。

同为隐士，潘阆与林逋还有过交游，诗词互答：

> 云剪乌纱雾剪衣，存神养气语还稀。
>
> 人人尽唤孙思邈，只恐身轻白日飞。
>
> ——《赠林处士逋》

但潘阆和林逋在行事上其实有云泥之别：潘阆是个惹事精。

早年的潘阆，是一个不按路数出牌的读书人，在汴京（今河南开封）开着药铺，以他的聪敏，想来经营得不错。太平兴国七年（982），他弃买卖而不顾，却去参与了卢多逊起事案，那可是造反啊。事败被追捕，潘阆于是逃到永济（今山西永济）的中条山上，削发为僧。

谁料这个和尚一时兴起，居然在钟楼上题诗说："散拽禅师来蹴鞠，乱拖游女上秋千。"住持一见，气不打一处来——钟楼题诗本就不对，还拉着师兄弟踢足球，拉着女游客荡秋千，真是玷辱佛祖，岂能容你呀！就这样，假意出家的潘阆被赶出寺院。

以林逋的高洁，能入其眼的人，想来自有其可取之处。潘阆的才学其实蛮好。看他的《岁暮自桐庐归钱塘》：

久客见华发，孤棹桐庐归。新月无朗照，落日有余晖。

渔浦风水急，龙山烟火微。时闻沙上雁，一一皆南飞。

其诗简洁自然，平淡闲逸，营造的意境悠然深远，耐人寻味。刘攽在《中山诗话》中评价说："潘阆诗有唐人风格，仆谓此诗，不减刘长卿。"刘攽将潘阆比肩中唐有"五言长城"之称的刘长卿，可见赞誉之高。

宋朝真是重才华的时代。潘阆的诗词传来传去，竟传到宋太宗的耳朵里。太宗一看：不错啊！于是，至道元年（995），赐他进士身，派去国子监当助教，地位挺高，还很清闲，有大把的时间写诗，也有钱吃酒，对潘阆再适合不过。

潘阆一高兴，又写了一首《扫市舞》：

出砒霜，价钱可。赢得拨灰兼弄火，畅杀我！

多狂，多乖张！质感强悍，有五代诗风的率真，但字字透着的就是桀骜不驯，像孙悟空，大闹天宫后还喊着"痛快！痛快！"，简直无法无天。

词传进宫廷，太宗雷霆震怒，于是十万火急追还诏书，以狂妄治罪，并下令对其终身不用。

于是，只管贪图嘴上快活的潘阆不但失去了"铁饭碗"，还锒铛入狱。满肚子学问，却换不来粥饭温饱，潘阆就这样将一手好牌打了个稀烂。

至道三年（997），真宗即位。潘阆因为在狱中生事，莫名其妙地参与了一场绝无胜算的朝党倾轧，再次面临被杀头的危险。但这次他居然又逃了出来，跑到舒州（今安徽潜山）寺中避祸。过了些时日，估摸着风头过了，潘阆悄悄潜回京城，谁知当即被抓获。真宗大度，从狱中将他放出来，还赐了个地方政府小科员给他当。是因惜才还是怜悯他？不得而知。

生活是个好老师，会教育所有人。此次涉险之后，潘阆老实了，乖乖写下：

微躯不杀谢天恩，容养疏慵世未闻。

昔日已为闲助教，今朝又作散参军。

高吟瘦马冲残雪，远看孤鸿入断云。

到任也应无别事，愿将清俸买香焚。

虽然"昔日已为闲助教，今朝又作散参军"犹有调侃之嫌，但较之从前，也算低眉顺眼了。想来，让他变成熟懂事的那些年，一定很辛苦吧？

潘阆有十首《酒泉子》传世。选其一：

长忆西湖，尽日凭阑楼上望。三三两两钓鱼舟，岛屿正清秋。

笛声依约芦花里，白鸟成行忽惊起。别来闲整钓鱼竿，思入水云寒。

这个不按常理出牌的人，词作出来，也是无法之法。笔下古意之浓，浓到先秦去了，不料这个无法之法所捧出的，却是诗中之诗。

诗的前半部分全用白描，却在词首着一"忆"字，像茶的那种"高香"，飘呀飘，缭缭绕绕，引人浮想：

长忆西湖，尽日凭阑楼上望。

——离开西湖了，却越来越思念。当时的我啊，天天坐在楼头，手扶栏杆，远望湖山。

三三两两钓鱼舟，岛屿正清秋。

——看三三两两钓鱼的小船，半隐雾中半没水中，来来去去奔忙，看大大小小的岛屿，哪里分得清水和雾？它们正在进入秋天。

笛声依约芦花里，白鸟成行忽惊起。

——小船儿漂荡，到了雪一样的芦花丛中，舟中人拈起短笛，随意吹奏，笛声高高低低，在水面游走，而白鹭藏在白芦花里，分不清是花是鸟。它们被突然响起的笛声惊动，昂首乍翅，排成一行，向天边飞去……

别来闲整钓鱼竿，思入水云寒。

——这样思念着西湖，以及当时所见美丽的景色、可爱的人物，就忍不住找出钓鱼竿，模仿渔民的动作，在水边垂钓。这思念又长又远，飘到了淡淡的水云间。

那真是生命中的好日子啊。

辗转从此到彼，真的好难，大概一生专门到某处的机会只有一次。可能他再没有机会回去了，因此才有如此感伤：

> 长忆高峰，峰上塔高尘世外。昔年独上最高层，月出见舳舻。
>
> 举头咫尺疑天汉，星斗分明在身畔。别来无翼可飞腾，何日得重登。
>
> ——《酒泉子·十之七》

即便如此，我们也相信他并不后悔。

没有什么好后悔的。在一辈子想做孩子的人那里，自由就是最大的价值。更何况后悔又有什么用？人生没有重来，不会回到当初，后悔只是伤害自心。

也没必要后悔，因为无论怎样度过的时光都是鲜活、宝贵的经历，无论怎样的选择都会有缺憾。彼时彼境，那样的选择自有那时的理由，对当下来说，就是最合理、最让自己快乐的。

让自己快乐，不正是人生中特别重要的事情吗？

肆

细究起来，其实潘阆也挺冤的：性格是由多种因素形成的，一般情况下改不了。"江山易改，本性难移"，他就是浑身孩子气，就是"二百五"，怎么办？估计皇帝也能看出他其实很傻很天真，所以都不认真计较。否则，有十颗脑袋也砍完了。

这等人、事，古往今来潘阆是第一个，估计也不会有第二个了。

说到底，人大致也就那么几种类型。看潘阆的性格、行径甚至命运，有点眼熟——没错，这个人整体上有点像李白，虽然才华比不得李白，那个放浪不羁和狂野劲儿，则有过之而无不及，一切的规矩，无论是文字的、生活的、政治的……对他而言都是负担，是枷锁。

据说后来潘阆终于认命，薄俸糊口之余，绝了功名尘念，开始放怀湖山，并取字逍遥，号逍遥子。不藉风力不群聚，随自己心意起飞或着陆，是谓逍遥吧？与其尘劳碌碌，不如半装疯半逍遥，舍尘埃而取烟霞，与天下山水做了知己。

潘阆（？—1009），北宋诗人。字逍遥，自号逍遥子，大名（今属河北）人，一说广陵（今属江苏）人。

生性疏狂，一生颇富传奇色彩。

早年在汴京开药铺。太平兴国年间，宰相卢多逊想拥立秦王赵廷美为帝，潘阆积极参与其谋。后卢多逊和秦王事败，潘阆也遭朝廷追捕，于是假扮僧人，逃进黄河北岸的中条山，因题诗于钟楼言"散拽禅师来蹴鞠，乱拖游女上秋千"被赶出，一路辗转到杭州、会稽卖药为生。

宋太宗执政时，潘阆因宦官王继恩推荐，被赐予进士及第，任国子四门助教。因其过于狂妄，很快就被收回了恩赐的诏书。太宗驾崩之前，潘阆与王继恩等谋立太祖之孙惟吉为帝，事败，又逃往外地，后偷潜回京，即被逮捕入狱，真宗过问，后被无罪释放，去滁州当了参军。晚年放怀湖山，逝于泗上。

喜好闲散，常倒骑毛驴闲逛，被世人演绎为张果老的原型。

诗风类似于贾岛、孟郊，却不像贾岛他们以清奇僻苦为主，而是倾向于自然真率，闲逸疏放。

著有词集《逍遥词》。

潘阆代表作

酒泉子

　　长忆观潮，满郭人争江上望。来疑沧海尽成空，万面鼓声中。

　　弄潮儿向涛头立，手把红旗旗不湿。别来几向梦中看，梦觉尚心寒。

译释

　　时隔多年，钱塘江观潮的情景仍历历在目。潮水将至的日子，满城的人都会争相去江边观看。潮水涌来时，仿佛沧海都被掏空，潮声如万鼓齐鸣，声势震天。

　　踏潮献技的弄潮儿在船头乘风破浪，手中红旗招展，任巨浪汹涌澎湃，红旗都屹立不倒，也丝毫不被水沾湿。如此惊险的场面，让我几度梦醒，依然感觉惊心动魄。

名家点评

　　王禹偁（chēng）：烂醉狂歌出上都，秋风时节忆鲈鱼。江城卖药长将鹤，古寺看碑不下驴。一片野心云出岫，几茎吟发雪侵梳。算应冷笑文场客，岁岁求人荐《子虚》。

　　黄静之：潘阆，谪仙人也，放怀湖山，随意吟咏。词翰飘洒，非俗子可仰望。

之五

陈亚

一首《生查子》，暖胃清肺，养心安神

生查子·朝廷数擢贤

宋·陈亚

朝廷数擢贤，
旋占凌霄路。
自是郁陶人，
险难无移处。
也知没药疗饥寒，
食薄何相误。
大幅纸连粘，
甘草归田赋。

壹

如果说别的词人是波澜不惊的河流或无声细流的泉眼，陈亚就是跳跶着奔跑的小溪。毫无疑问，他是宋代词人中的另类。每个时代都有几个艺术另类，或曰艺术怪杰——即使不"杰"，也肯定"怪"，跟人家不一样，用不同的思维，以不同于常人的调调说话，甚至用的工具都比较"别致"。

每个时代都应该出几个艺术家里的"另类"，倘若不出，倒要令人怀疑那个时代艺术的生命力。他们有的外表怪，有的骨子里怪；有的怪得打眼，怪得惊天动地，人皆以为怪；有的怪得平易，怪得悄无声息，令人不觉其怪。实话讲，怪得悄无声息是一门更难、更高级的艺术。这些另类天才们手下的活计，像旧时被面的红底绿花朵儿，多么荒诞多么可笑，然而美得不可思议！

说起杰出艺术家里的怪杰，唐人有怀素、王梵志、拾得……屈指就能数出不少，宋人则几乎只有陈亚。他的调调自成一派，至今无人能学得地道、学得好。

写诗填词是陈亚的手艺，开药铺也是。他什么都不理睬，来这世间就直奔药铺，把一格一格的中药抽屉打开，像一块一块砖头的叠加，药香抹缝，建成了他的国，他在里面称王称霸，没人管得着，也没人管得了。

中药是专属于陈亚的、独立的生态系统，里面藏着平平仄仄的大好河山，春有花，夏有果，冬山如睡，随意坐在哪一处，都仿若花间一壶酒。他不必抬脚去旅行，到西藏、九寨沟、五台山什么的——不必。被这些得天地精华的灵物——中草药环抱，其实就等于修持。不管哪里，他一念即往，一想就到。

如你所知，大凡看起来另类的人都有一些相同之处，比如他们都身世凄苦——不苦就憋不出另类的感受。一个人在童年时期如果经受过很多坎坷，长大后的性格十有八九会与现实格格不入：或孤僻敏感，或愤世嫉俗。书法家怀素自小出家，诗人王梵志、拾得二人都是弃婴，早年的际遇，在他们的诗文书法中烙印鲜明。

陈亚被人称为"近世滑稽之雄"，也是因了命运中的苦和甜——他的身世凄苦，而他的词作就是那苦中回甘的甜。

陈亚年幼时，父母就亡故了，他跟着舅舅生活。陈亚舅舅是个郎中，在扬州悬壶卖药，所以陈亚从小接触最多的便是满柜子的中药。那一味味有着词牌子一样动听名字的中药，与陈亚一往情深，打着滚儿地混在一起，颠颠倒倒开开谢谢的，熏染了他一身好闻的气息。也因为自幼见识过来来往往的病人和各种疾病，所以陈亚对生老病死、人生苦痛自然比一般人多了一层自己的见解。借着中药这种神奇古老的质朴之物，一层层探究生命的内核。

中药的名字原本就美：苦参、谷芽、京墨、独活、相思子、当归、菊花、白芷、樱桃、夜合、糙苏、远志、槟榔、茴香，还有丁公藤、七星草、千里光、小叶朴、马兜铃、瓦楞子、过路黄、鹰不泊、王不留行……一经念出，就像念出一首一首的诗歌。它们与屈子笔下美轮美奂的奇花异草有什么区别呢？那些江蓠、秋兰、木兰、薜荔、白芷、杜衡、春兰、椒、蕙、芳……

它们一样热爱土地，笼着春分的雾气和冬至的霜雪，直到被采下的当儿，也还是秉性不移，带着各自的镇定和清香。陈亚的诗歌也承袭了它们各自的温良甘苦，念叨起来暖胃清肺，养心安神。

古人的生活中，河流是时间的赋形，从容，恒长，一去不回。时间则是人生的本质，因此对河流的恐惧与依恋成为人类代代相传的基因记忆。人们面对河流，总能想起已经失去和必将失去的一切，也总能迎来像希望一样新鲜的水流。而河流周围，总能茂长草木，聚居人群。

每一个生灵都愿意同自然和平相处：赏波光粼粼的湖面，在风吹过的草原驰骋，吮吸森林的湿润气息——我们顺着时间漂流，与其他生灵共同呼吸，与一座山、一道水共同呼吸，心头就长起一朵花。在那些时刻，我们会体悟大地所蕴藏的慈悲之道。大地以宽大的胸怀和澄明的光辉，拥抱和照亮在其中栖居的人与物。

草木与人友好为邻，人与草木相呼应，两者相生相息，就会缓缓浸润出一颗颗浪漫的心。在这种浸润下，每个生命都是神迹，没有谁不是艺术家——乡野田间随口唱唱，就可能冠盖千古，不用费什么力气。

像皮实的苍耳，泼辣的桔梗，陈亚就在这样的环境里，呼呼啦啦见风就长。

他不声不响地忍受着命运的鞭挞，但只要见了诗书，见了中药，就高兴得忘记身外所有，孩子似的唱出温馨甘美的词句。那么舒展，那么美妙。汉字平平仄仄，排成队，站成行，天真烂漫极了。他在词句中表现出的耐心和天使般的温柔，让他的艺术保持着清明平静的面貌。从这个意义上说，他的心灵并没有受到损害，他的词作中从不透露痛苦的气息，后世的人单看他的词作，不会想到他遭遇过的屈辱与挫折，只能看到他高贵纯粹的心灵。

这真好！在现实生活中得不到的幸福，却在精神上被创作出来了。他以药入词，将心灵中更深的地方埋藏的东西呈现出来。这些感受本来是积郁在内心深处，很少有机会被释放出来的。他触摸它的纹理，拭去它表面的灰尘，让它显出发自内在的光泽。

关于陈亚这个人的生平和具体事例，世间留存甚少，只有三言两语记载了他大致的轨迹，以及他一生不曾离开中药这个事实。关于陈亚文学活动的记录，不过这十一个字："尝著药名诗百余首行于世。"但他的诗多已经失传了，词传下来的也只有四首，统统叫作《生查子》：

> 浪荡去未来，踯躅花频换。可惜石榴裙，兰麝香销半。
>
> 琵琶闲抱理相思，必拨朱弦断。拟续断朱弦，待这冤家看。

那些中药是写实的，又是写意的，形象具足，细节饱满，兼有抽象的性质，念起来流畅中又见顿挫。

用一首药名诗描写闺情。如果单从字面上来看，也不过尔尔。但若从药名镶嵌上来看，点滴不露痕迹，还带着大地深处的气息，再深味下去，关节处奇美凸现，如同清亮的秋天来了，是很有些意思的——是远人不归，而思念丛生。

在那纸上，他用中药写人心，素朴洁白，熠熠生辉：

> 小院雨余凉，石竹风生砌。罢扇尽从容，半下纱橱睡。

起来闲坐北亭中，滴尽真珠泪。为念婿辛勤，去折蟾宫桂。

他藏药名，好像女孩子藏心事，藏得巧，藏得妙，藏得深，与思绪浑然一体，没有半分别扭。这些句子如同锦上盘花，绾着扭来扭去的结，带着旧色的象牙白，照着长夜不眠人。千年之后，我们读到这些句子还是会会心一笑。

如果问离开中药名，陈亚还会不会写诗呢？不知道。反正中药名就像是长在他身上。他好像手里拿了个相机，时时蹲下来，去拍摄一棵草——它的价值日常看不出来，但用微距拍它时，它的美就一点点被发掘出来。其实人也是这样的。

陈亚在词中嵌入中药名字，乐此不疲，而时人将之视为雕虫小技，就算赞美也透着几分讥讽，但陈亚还是坚持着。很多事值得不值得做，只有自己知道。有些人是酸葡萄心理，你做得好他就嫉妒；有些人是浅薄，不知道这件事的价值；有些人是纯粹看热闹，损人不利己。不要管他们。重要的是自己看重自己正在做的事，别停下手，从内心敬重它，也信赖自己，如果你自己看不起自己，那谁能看得起你？

陈亚少有才学，苦读中举，却升职缓慢，在越州、润州、湖州等江南之地辗转，苦苦积累资历。虽然终于有贵人提携，官至太常少卿，但这已是许多年之后的事情了。

陈亚开始奋斗时没有背景，也没有奇遇。他是卑微的，却并不卑贱。他拿自己的名字自嘲，却透着骨力：

> 若教有口便哑，且要无心为恶。中间全没肚肠，外面强生棱角。

差不多是用了漫画的笔法，表面上不动声色，实际上暗潮汹涌，字和字叮当相碰，石镰一样火花直冒，一不小心就碰出一天的星斗。

虽然看起来不做正经语，陈亚心里却明镜儿似的。他知道凌霄之路难，难于上青天啊：一份俸禄，半幅官衣，总不过为了吃穿，为了儿孙，如此总把前程误——这个"前程"是指活出人的真趣味。

他是活出人的真趣味来了的——一直到晚年，他还是在他别具一格的诗歌里酣睡，仿佛四野无人，中药就是他的家园。他担心后代爱上浮华，污了门庭，因此写下：

> 满室图书杂典坟，华亭仙客岱云根。他年若不和花卖，便是吾家好子孙。

这样的文字，舒缓而有力量，冷静与热烈并存，细致却辽远无垠……厚厚的史书中，枉费了多少笔墨，记载了多少无聊的人啊，惯于权势谋略，以成败论英雄。多少真正有才华的人却无缘辉煌，被一些毫无价值的人踩在脚下。

　　但是陈亚写在诗里的那些中药还在，我们熟悉它们，就像古人熟悉它们一样。

陈亚（生卒年不详），北宋诗人，字亚之，维扬（今江苏扬州）人。宋真宗天禧初年（1017）前后在世。

民间传陈亚年少时父母双亡，跟着开药铺的舅舅长大。他伏案苦读，及第后为杭州于潜令，守越州、润州、湖州等地，官至太常少卿。

晚年退居家乡，喜藏书画，家藏书数千卷。有名为"华亭双鹤"的怪石一枚，清奇峭拔，植异花数十本，常相把玩。个性淡泊，虽寂寞却也自得其乐。

可惜陈亚辞世不久，家中图书就流散于他人。

工诗文。喜欢以药名为诗词，有药名诗百余首，在当时传抄一时，于宋词中别具风致。后辛弃疾等人曾以药名入词，大抵受了陈亚的影响。

《全宋词》录其《生查子》药名词四首。有《澄源集》《陈亚之文集》，已佚。

陈亚代表作

生查子

相思意已深，白纸书难足。字字苦参商，故要檀郎读。

分明记得约当归，远至樱桃熟。何事菊花时，犹未回乡曲。

译释

自与夫君离别后，思念之情每天都加深。这雪白的短笺根本无法写尽我的深情。信中每个字，都蘸满了我的相思苦，望夫君细读。

记得当时我们约定：最迟樱桃红时，你就回家，不让人挂心。谁料季节替移，已经到秋天，菊花都已开得热闹非凡，却迟迟没有你归来的音信。

名家点评

吴处厚：虽一时俳谐之词，然所寄兴，亦有深意。

之六

柳永

对酒当歌的人生，是否可以无悔？

倾杯

鹜落霜洲，雁横烟渚，分明画出秋色。

暮雨乍歇，小楫夜泊，宿苇村山驿。

何人月下临风处，起一声羌笛？

离愁万绪，闻岸草、切切蛩吟如织。

为忆芳容别后，水遥山远，何计凭鳞翼。

想绣阁深沉，争知憔悴损、天涯行客。

楚峡云归，高阳人散，寂寞狂踪迹。

望京国。空目断、远峰凝碧。

宋·柳永

一个人选择飞翔，多半是因为在地上已无路可走。

词之于柳永，就犹如因为世间路断而被逼生出的翅膀，尽管他最终只能像受伤的风筝一样一头栽向大地，但他的词作永远在高空骄傲地飞翔。

前人对柳永的词历来褒贬不一：要么被赞为以赋入词、婉约清丽；要么被斥为浪荡香艳、有辱斯文。不过后世的我们认为：词坛上如果少了柳永以及他的婉约和香艳，就没意思多了。他始终是宋词大树上的一个别枝，没有高贵的鸟儿驻足，可一点都不妨碍他翠翠鲜鲜地迎风摇曳，表达着对这尘世还有所热望。当这个落魄而骄傲的男人将毫翰沾染沉沉离思，铺上薄薄宣纸，那些说三道四的人便只得闭了嘴，转过脸去，暗叫一声"惭愧"。毕竟，他们写不出《雨霖铃》，虽然他们比谁都更沉溺在梨花白、杏花红的浮梦里。

大中祥符二年（1009），柳永初试落第。

踌躇满志的柳三变醉后一曲《鹤冲天》，却惹恼了真宗。《鹤冲天》里面有一句："忍把浮名，换了浅斟低唱。"这在当时的文人眼里，属于三观不正。后柳永两度科考失意，写诗进献，算递个名片，想谋个差事。不料真宗讨厌这种颓废劲儿，轻轻一句"且去填词，何要浮名？"就断了他的仕途之想。

柳永为保留最后的体面，只能识趣离开，又弃了本名柳三变，顺着族内排行，起了笔名柳七，成为史上第一位以写诗为正业的诗人——他做唱作人，也唱也伴奏，主要写词——这个"词"倒真的类似于我们今天常见的歌词。他常常在席间一蹴而就，转手就递给安安或秀秀去抱了琵琶唱出来，唱红了塞北江南。

这也好。当权贵在冠冕堂皇的幕布下干尽无耻勾当的时候，当在生死得失之前，普通人也为求自保而行苟且，到处是人性破碎后留下的丑陋废墟的时候，柳永背离他们，渐行渐远，最后终于"沦落"为与这个世界对立的逆行者。他走了一条最负重却最自由的路。

他像一个君王，统治着一方精神领地，即便他在外表或言行上表现得无比温柔和平，骨子里却是坚持如此。每个人都在一笔一笔写着自己的历史。

《红楼梦》中贾雨村有言：天地有正邪两气，正气所秉，则出尧舜禹等仁人，邪气所秉，则出蚩尤桀纣等恶者。而正邪二气结合，则既聪俊灵秀，又乖僻邪谬不近人情。在富贵之家则是情痴情种，在贫寒之家则是逸士高人，在薄祚寒门则是奇优名娼……总之绝不会甘作"庸夫"供驱策——柳永当然是正邪两气的代表。

他流连于秦楼楚馆，引来"避席畏闻文字狱，著书都为稻粱谋"

的竖子们滔天的口水。连徽宗去会李师师都要微服夜行，他却去得光明正大。如果私心揣测那么被敕令"奉旨填词"的背后也许有一点深隐的醋意？柳永这样贴心的人，青楼魁首不可能不看重。

是啊，是贴心。人们只看到了他的"浮浪"，却没有看到他眼神中的明澈温柔。

不敢正视、不承认爱情复杂性的人，恰恰显示了他们内心的单薄与脆弱。不避俗方为大雅，接受真才是英杰。

柳永不是世俗意义上的正人君子，更不是什么圣人。他是一个大大的俗人，爱着一切可爱者并为她们歌唱，并因此被官场叫骂。或许，一切的脉脉含情都是政治的宿敌，爱情、诗意、闲适、美丽……这些人生中美好的事物，在官场，都不应该被提倡，莺莺燕燕会败坏朝纲，卿卿我我会消磨斗志。官员们恐惧的眼睛一刻也不敢放松，他们寻找着不安定因素，如同一架架巨大的机器，粗暴地碾过诗情画意，使它们吱吱嘎嘎碎成颗粒。

但柳永并不计较。他只管吸收敦煌曲子词缤纷、明快的好处，发展着绮丽婉约的花间词风格，一门心思写着那些注定还要挨骂的词，用它们来体味世界。他原谅那些叫骂，像原谅散步途中落到头上的一坨鸟粪。

文体之于文字，犹如乐器之于音乐。一种文学类别相当于一种乐器。这世上乐器无数，或弹拨，或鼓吹，或敲击，或拉捻。无论何种，但至化境，就是世上最美的声音，何需雅俗之别，高下之分？世间万物平等，何苦故意分出尊卑？享受它们不同的好，也就够了。

20世纪初在敦煌莫高窟发现的敦煌曲子词，那些兴起于民间，被一众嫠妇征夫、商贾歌伎所唱的原始状态的词里，都是毫不遮掩的朴质真情：

珠泪纷纷湿绮罗，少年公子负恩多。当初姊妹分明道，莫把真心过与他。子细思量着，淡薄知闻解好么？

——《抛球乐》

天上月，遥望似一团银。夜久更阑风渐紧，为奴吹散月边云，照见负心人。

——《望江南》

多可爱，多纯真！——不完美，然而更动人。

那些被世人诟病的青楼曲子词里，也有着如此痛切蚀骨的词句：

我是曲江临池柳，这人折了那人攀，恩爱一时间！

这是一颗活生生的心在呐喊——是情真啊，诗歌有情就有了一切。

情真，便是柳永词最为难得、最为动人之处。细读柳词，我们很容易感受到这一点。

一个困苦、迷茫、不甘于碌碌的不羁灵魂闪现——

> 伫倚危楼风细细，望极春愁，黯黯生天际。草色烟光残照里，无言谁会凭阑意。
>
> 拟把疏狂图一醉，对酒当歌，强乐还无味。衣带渐宽终不悔，为伊消得人憔悴。

一首《蝶恋花》意未尽，人已颓。

柳永算是古代最善于描摹风情的词人，他爱着那些被人们轻慢的、出身低下、卑微若尘的女子们，为她们歌唱和哭泣："自恨身为妓，遭污不敢言。"他怜惜每一颗花一样被戕害的心。他是她们的朋友，是兄弟，是情人……他为她们写词，亲自吹箫抚琴，在歌声和舞姿中，享受着生命所给予的最明媚的欢愉。

以柳永的才学，就算放在才子辈出的盛唐，那也是个中翘楚。咸平六年（1003），有个叫孙沔（miǎn）的人做杭州的最高长官，门禁甚严，一般人进不去他的家门。柳永便作了一首《望海潮》前往干谒——当时也许是想着有朝一日被这位大人推荐，得登仕途吧？

此词大气磅礴，美如长卷，一经传抄，即声名雷动：

　　东南形胜，三吴都会，钱塘自古繁华。烟柳画桥，风帘翠幕，参差十万人家。云树绕堤沙，怒涛卷霜雪，天堑无涯。市列珠玑，户盈罗绮，竞豪奢。

　　重湖叠巘清嘉。有三秋桂子，十里荷花。羌管弄晴，菱歌泛夜，嬉嬉钓叟莲娃。千骑拥高牙，乘醉听箫鼓，吟赏烟霞。异日图将好景，归去凤池夸。

据说这首《望海潮》还让金人有了渡江伐宋之意——一阕词引发一场战争，内藏着不可思议的能量。

再看他的《八声甘州》：

　　对潇潇暮雨洒江天，一番洗清秋。渐霜风凄紧，关河冷

落，残照当楼。是处红衰翠减，苒苒物华休。惟有长江水，无语
东流。

不忍登高临远，望故乡渺邈，归思难收。叹年来踪迹，何事
苦淹留？想佳人妆楼颙望，误几回，天际识归舟。争知我，倚阑
干处，正恁凝愁！

此词开篇一个"对"字，已写出登临纵目、望极天涯的境界，
自"渐霜风"句起，四言三句十二字，将一番清秋意绪层层剖解，
其气凄然而遒劲，直令衣单游子不可禁当，至"残照当楼"，境界
全出。

接下来，词意由苍莽悲壮转入细致沉思，由仰观而转至俯察，见
"红衰翠减"物华休，一"休"字便道出无穷的感慨愁恨。

下阕起笔便云"不忍"，妙在推己及人：本是自己登楼远眺，却
偏想故园闺中之人也在登楼望远，伫盼游子归来，凭空多一番曲折、
多一番情致，而词中思乡怀人之意绪，展衍尽致。

可惜柳永一支好笔，却偏生在了礼教严明的大宋。柳永的父兄皆
顺顺当当迈入仕途，唯独他成为时代的弃子，甚至身为一派词家，正
史竟无一字立传。今天我们所了解到的他，都是从时人小说笔记中隐
约看出的大概——这"大概"的画像，也是在与众多名妓的交往中完
成的。

在柳永的词里，记载的妓者有师师、秀香、瑶卿、安安等近二十

位之多，而别离一直是他的主题。看他的词写尽别离滋味——

花发西园，草薰南陌，韶光明媚，乍晴轻暖清明后。水嬉舟动，禊饮筵开，银塘似染，金堤如绣。是处王孙，几多游妓，往往携纤手。遣离人，对嘉景，触目伤情，尽成感旧。

别久。帝城当日，兰堂夜烛，百万呼卢，画阁春风，十千沽酒。未省、宴处能忘管弦，醉里不寻花柳。岂知秦楼，玉箫声断，前事难重偶。空遗恨，望仙乡，一饷消凝，泪沾襟袖。

——《笛家弄》

柳永的别离词大多以乐写哀。比如这首《笛家弄》，从"花发西园，草薰南陌，韶光明媚，乍晴轻暖清明后"那般美景中生出，堪堪阅尽佳境，下阕一转，竟是触目伤怀的疼。

还有一首《小镇西》，是他词里的别枝，也是这样的前后对比明显：

意中有个人，芳颜二八。天然俏、自来奸黠。最奇绝，是笑时、媚靥深深，百态千娇，再三偎着，再三香滑。

久离缺。夜来魂梦里，尤花殢雪。分明似旧家时节。正欢悦。被邻鸡唤起，一场寂寥，无眠向晓，空有半窗残月。

都是家常话，日常所见，凡人经历。是香艳，可是也动人。有放有收，像一曲轻舟短棹前后划的琴音，打破平展的湖面，皱了一池春水，眼看着活泼泼就要倾斜，又牢牢保持住一种奇异的平衡……在这里，语言退后，人物凸显——多么古灵精怪，不能不叫人喜欢。

想来，最逍遥自在、按着自己喜欢的方式度过的日子，自然还是"奉旨填词"那长达二十多年的岁月吧？今天的人们再也写不出这样的深情。或许在这个人人追求各自圆满而锱铢必较的时代，人们不再真正懂得爱——太会索取，太"强大"和太"聪明"。

柳永的巅峰之作，还属《戚氏》与《雨霖铃》。

> 晚秋天，一霎微雨洒庭轩。槛菊萧疏，井梧零乱，惹残烟。凄然，望江关，飞云黯淡夕阳间。当时宋玉悲感，向此临水与登山。远道迢递，行人凄楚，倦听陇水潺湲。正蝉吟败叶，蛩响衰草，相应喧喧。
>
> 孤馆度日如年。风露渐变，悄悄至更阑。长天净，绛河清浅，皓月婵娟。思绵绵，夜永对景，那堪屈指，暗想从前。未名未禄，绮陌红楼，往往经岁迁延。
>
> 帝里风光好，当年少日，暮宴朝欢。况有狂朋怪侣，遇当歌、对酒竞流连。别来迅景如梭，旧游似梦，烟水程何限。念利名，憔悴长萦绊。追往事、空惨愁颜。漏箭移、稍觉轻寒。渐呜

咽、画角数声残。对闲窗畔，停灯向晓，抱影无眠。

——《戚氏·晚秋天》

《戚氏》全词分为上、中、下三叠，共212字，为词史上第二长词，仅次于南宋时吴文英的《莺啼序》。宋时有"《离骚》寂寞千载后，《戚氏》凄凉一曲终"的评价。

将《戚氏》归为最好，或者有笔者的主观臆断，《雨霖铃》为最好却是没有争议的——

寒蝉凄切，对长亭晚，骤雨初歇。都门帐饮无绪，方留恋处，兰舟催发。执手相看泪眼，竟无语凝噎。念去去，千里烟波，暮霭沉沉楚天阔。

多情自古伤离别，更那堪，冷落清秋节！今宵酒醒何处？杨柳岸，晓风残月。此去经年，应是良辰好景虚设。便纵有千种风情，更与何人说？

——《雨霖铃·寒蝉凄切》

天圣二年（1024）的秋天，柳永第四次落第，愤而离开京师，与情人虫娘离别。人生处处是离别。但在诗的世界里，离别大都发生在秋天。古人因为距离、通信的不便，有些分别，就真的很难再见面了。

如果离别无法避免，那就在秋天尽力告别。那个疏狂男子，他的告别就是写词。失意如山压下来，又逢爱别离，内心忧伤重重，寂寞锁清秋。而一旦醉里启程，一宵酒醒，晓风残月，千里烟波，就只能堆在心头，再无他处可以安放。

秋天很短，打个盹就过去了。而词人用一次次长长的凝视，或者一次次久久的伫立，让后人明白：秋天是什么，思念是什么，人生又该如何珍惜细碎的美好。

他是柳七，那个晏殊不愿接见的落魄狂生；他是柳七，穿梭烟柳巷陌、留得繁花满襟却不掩真情的浪子。后人有诗题他的墓：

> 乐游原上妓如云，尽上风流柳七坟。
>
> 可笑纷纷缙绅辈，怜才不及众红裙。

"不愿君王召，愿得柳七叫；不愿千黄金，愿得柳七心；不愿神仙见，愿识柳七面。"那些习惯了玻璃镜、鸳鸯衾、迎新送旧不动心的女子们编成了歌谣这样唱。在他离世后，"葬资竟无所出"，这些女子集资安葬了他。此后，每逢清明，都有歌伎舞伎载酒置肴饮到柳永墓前，缟衣素鞋怀念他，时人谓之"吊柳会"，也叫"上风流冢"。这风俗如此铺展广大、深入人心，以至在很长的年头里，不参加"吊柳会"的人都不敢到乐游原上踏青。

那是怎样有情有义的一个场景啊，半城缟素，为"白衣卿相"——一个毕生只写词的孤独的诗人——一恸倾城。在人人尽知"烟花无情"而礼教森严的时代，天下诗人在这一点上都输给了他。

当然，他是柳七。他值得！

他咯血吐出的词句，是一曲曲唱给她们的恋歌；而那些微渺如尘的女子也在他的一词一句里听到自己细密的呼吸，想起自己生命里的往事，又烦恼又幸福地哭泣……就像在苦涩的咖啡中暗藏了一块糖，它一直藏在身体里，不曾离去。

柳永的一生，用一句"我不求人富贵，人须求我文章"活出了傲气；用一句"忍把浮名，换了浅斟低唱"活出了淡泊；用一句"衣带渐宽终不悔，为伊消得人憔悴"活出了深情……最后，他撇了这些，与人间做久别离，带着自己温情而纯粹的思念，乘舟远去，任身后暮霭沉沉，累积成千年的高远辽阔。

柳永（约987—约1053），北宋著名词人，原名三变，字景庄，后改名永，字耆卿。因排行第七，又称柳七。崇安（今属福建）人。

柳永出身官宦世家，生出于其父柳宜任所沂州，十余岁才回到家乡。后进京参加礼部考试，由钱塘入杭州，因迷恋湖山美好、都市繁华，滞留杭州，沉醉欢场。为拜谒杭州知州孙沔，写《望海潮·东南形胜》，名动一时。后又于苏州流连多年，才去京城汴梁应试，驻京十五载，结果四次落第，心灰意冷，便由水路南下，填词为生，名满青楼。

数年后返回京城，却见物是人非，知交零落，于是去往西北，又自成都至湖南一带，辗转漂泊。直到近五十岁才暮年及第，六十多岁时做到屯田员外郎的职位，以此致仕，定居润州，四年后辞世。

虽然正史无传，生平不可考，事迹只在一些地方志、野史及笔记小说中有零星记载，但柳永作为第一位对宋词进行全面革新的大词人，对后世词人影响巨大。

他扩大了词境，开拓了词的题材内容，促进了词的通俗化、口语化，大量慢词中所用的铺叙手法在词史上产生了深远影响。

柳永存世的二百多首词作中，佳作极多。著有《乐章集》。

柳永代表作

鹤冲天

黄金榜上，偶失龙头望。明代暂遗贤，如何向。未遂风云便，争不恣狂荡。何须论得丧？才子词人，自是白衣卿相。

烟花巷陌，依约丹青屏障。幸有意中人，堪寻访。且恁偎红倚翠，风流事，平生畅。青春都一饷。忍把浮名，换了浅斟低唱。

译释

黄金榜上，我不被官家所看重欣赏。原来政治清明的时代，君王也会错失贤能之才。那今后我去向何方呢？既然没有好机遇，不如随心所欲地游乐！何必为功名患得患失？做一个才子，谱写优美的辞章，即使身着白衣也不亚于公卿将相。

来到歌姬居住的街巷，绣房里摆放着水墨丹青的画屏。幸运的是我追求寻访到了我的意中人。与美好的人儿相互依偎，享受这充满诗意风流的生活，真是平生最欢畅之事。青春不过短暂的刹那，我宁愿把这浮华的功名，换成手中杯酒与浅吟低唱。

名家点评

　　苏轼：世言柳耆卿曲俗，非也。如《八声甘州》云："霜风凄紧，关河冷落，残照当楼。"此语于诗句不减唐人高处。

　　陈振孙：其（柳永）词格固不高，而音律谐婉，语意妥帖，承平气象，形容曲尽。

　　叶梦得：柳永为举子时，多游狭邪，善为歌辞。教坊乐工每得新腔，必求永为辞，始行于世，于是声传一时。余仕丹徒，尝见一西夏归朝官云："凡有井水处，即能歌柳词。"

之七

宋祁

酒色丛中过，片叶不沾身

锦缠道·春游

宋·宋祁

燕子呢喃，景色乍长春昼。

睹园林、万花如绣。

海棠经雨胭脂透。

柳展宫眉，翠拂行人首。

向郊原踏青，恣歌携手。

醉醺醺、尚寻芳酒。

问牧童、遥指孤村道：

"杏花深处，那里人家有。"

写春天的宋词里，"绿杨烟外晓寒轻"一句是特别传神的：绿杨如烟，晓寒阵阵，各种植物散发出来的清香，还有清透的天空，成群的飞鸟，偶尔细雨飞坠……至"红杏枝头春意闹"的"闹"字，犹如红盖头一揭，春天就活了起来：世界苏醒，那些字恍惚是惊蛰的甲虫在爬动，闪着绸衣一样的色彩。看看全篇：

> 东城渐觉风光好，縠皱波纹迎客棹。
> 绿杨烟外晓寒轻，红杏枝头春意闹。
>
> 浮生长恨欢娱少，肯爱千金轻一笑？
> 为君持酒劝斜阳，且向花间留晚照。
>
> ——《玉楼春·春景》

这阕词的好处在于，除了难得的齐整之美（上下阕各是一首七言绝句），韵脚们也眉开眼笑，一波一波地送出清脆铃声，而在傍晚丝绸般温柔的光线中，这些诗句就像流经柔软草丛、细碎沙砾的山泉，带着云影、花香、鸟鸣、树荫，带着欣欣然的自由和自在……原来，无论过去多久，春天总是一次次地来临，不会远离我们。就算风把月亮一遍一遍吹瘦，春天总还是与静止在词里的花间晚照一样动人。听听看看都叫人高兴。

宋祁的词作存世不多，但在当时却极为脍炙人口，这首《玉楼春》使他获得了"红杏尚书"的雅号。

将一种植物或一种花说得出神入化，这是一项不得了的本事。古人对于自然事物和自然现象观察很细致，他们对事物的描述也非常细致，甚至给每种雨都取了专门的名称。这一点，有甲骨文为证：

> 微雨曰"幺雨""小雨"；雨势衰减者曰"蔑雨"；雨量充沛者曰"大雨""多雨"；雨势猛骤者曰"烈雨"，曰"痴雨"；旋卷而来之大雨曰"专雨"；绵延不绝者曰"祉雨"，曰"霖"；雨来调顺者曰"从雨"；雨来及时者曰"及雨"；雨量充沛可保证农作之年成者曰"足雨"。

文明社会里，只有动物学家、植物学家和天文学家才具有这种认知能力。而诗人，是造化派到浮世上为种种事物重新命名的人。在诗人眼里，花草、水月、田野、江河、森林、高山……都是大自然的身体，它们的美来得简单直接，在诗人手上汇合、凝结、移动、旋转，让人一见就再难忘记——正所谓我看花，人到花中去；花看我，花到人里来。这真是苦难人间的一个不可思议！

如果你曾在春天里停下脚步，用一颗柔软的心去看一朵诗词中的花，穿过诗人用汉字编织的幻梦，就能轻易明白他们的表达——其内质原来如此唯美和自由、朴质与光华。那些耳熟能详的《唐诗三百首》《宋词三百首》里，有每个人对于山川日月的想象。最典雅的诗歌，这华彩的文字之器，不只为少数人准备。

比起柳永，宋祁才是一个浪子呢，总在路上，也总有莺莺燕燕流转的故事。

一次，宋祁路过京城繁台街，迎面遇上宫内出来的车马，其中一辆车里有个宫女掀开车帘，朱唇轻启唤了一声他的名字，随即便擦肩而过。那一声呼唤像湿漉漉的香气萦绕在心头，宋祁回家后就口占了一首《鹧鸪天》：

> 画毂雕鞍狭路逢，一声肠断绣帘中。身无彩凤双飞翼，心有灵犀一点通。
>
> 金作屋，玉为笼，车如流水马游龙。刘郎已恨蓬山远，更隔蓬山几万重。

你看，就连词的本色——婉约柔细的调调，他也给写得并不多伤感，风神洒落。

因为宋祁词名远播，没多久这首词便传唱开了，一直传到了宫禁中。宋仁宗注意到了这件事，于是细细盘查是什么人呼了宋祁的名字。

见皇帝认了真，知道瞒不过去，有个宫女战战兢兢地站出来，回禀道："我以前侍候御宴，见过您宣召翰林学士，其中包括宋大人。左右的人悄悄指点说：那是小宋。我就认识了。后来外出，在车中看街景，不料看到了他，所以忍不住叫了一声。"

仁宗招来宋祁，专门过问此事。宋祁惊惧不已。仁宗笑着说："蓬山并不远啊，还隔什么几万重？你想见她，这有何难？"便将那宫女赐给了宋祁。

历来都认为这是一段佳话，妙在神奇——缘分是一件诡异的事，白首如新，倾盖如故。宫女在车中呼那一声名字，是出于好奇、景仰，还是真正的爱慕？抑或如《红楼梦》里娇杏对贾雨村那完全无心的回眸一笑？所谓"心有灵犀"的辗转思忆，也许不过是诗人多情，也许只是他单方面的渲染。但宫女能够因此而出了窒闷的宫禁，也是好事。

这样的佳话配着好看的诗歌，像才刚抽长的枝条，摇一摇，便叫人为之神往。

说宋祁是浪子，因为他的词中，"偎红倚翠"是很重要的一个主题：

绣幕茫茫罗帐卷。春睡腾腾，困入娇波慢。隐隐枕痕留玉脸，腻云斜溜钗头燕。

远梦无端欢又散。泪落胭脂，界破蜂黄浅。整了翠鬟匀了面，芳心一寸情何限。

——《蝶恋花·情景》

睡起玉屏风，吹去乱红犹落。天气骤生轻暖，衬沉香帷箔。

珠帘约住海棠风，愁拖两眉角。昨夜一庭明月，冷秋千红索。

——《好事近·睡起玉屏风》

宋祁外形英俊，也足够温柔，所以在脂粉群中颇多知己。据说他家中姬妾不少，宋祁倒也为她们时时留心，处处在意。传说有年冬天，他在外面宴饮，觉得天气寒冷，命人回家取衣，谁知数房爱宠都各自送了一件"半臂"（类似于现在的无袖小马甲）。他看着眼前的几件衣服，无法选择，索性一件也不穿，忍着寒冷回了家。

为了不拂了他人心意，宁愿自己挨冻，这种念头痴到好笑，却是用了深心体贴。后世一直将之当作文人韵事来说。明末清初南山逸史所作《半臂寒》，就是谱写的这段情事。

宋祁与他哥哥宋庠并有文名，时称"二宋"。宋庠被称为"大宋"，宋祁被称为"小宋"。天圣二年（1024），兄弟俩一齐考中进士，本来宋祁的文才在乃兄之上，中在第一，宋庠中在第三，但章献太后认为弟弟不能排在哥哥前面，就任性地将宋祁的名次排到了第十，人称"双状元"。与"小宋"略嫌佻达的人生态度不同，"大宋"是一个"清约庄重"的人物，后来官至宰相，其名望口碑远超宋祁。

宋庠为人简朴，即使做了宰相也没有改变。有一次上元佳节，宋庠在书院里读《周易》，听说弟弟狎妓纵酒，醉饮达旦，于是第二天派人去责备弟弟："听说你昨夜烧灯夜宴，穷极奢侈，不知还记得某一年的上元夜，和哥哥我一起在某州的州学里吃咸菜煮干饭的情景吗？"宋祁笑着对来人道："请回报相公：不知哥哥弟弟当年一起吃咸菜煮干饭，为的是什么？"这一问，着实让人难以作答。

关于兄弟俩的传说不少：

"二宋"在未入仕前，曾得到安州知州夏竦的器重，夏竦善于鉴人，曾命二人作《落花》诗。

宋庠诗中一联为：

汉皋佩解临江失，金谷楼危到地香。

宋祁诗对应一联：

将飞更作回风舞，已落犹成半面妆。

就诗论诗，其实是宋祁的诗句更为灵动自然——典型的西昆体，又比西昆体胜在从心所欲不逾矩。但夏竦却更为赞赏"大宋"，说："咏落花而不言其落，文笔风骨秀重，'大宋'今年应当状元及第，他日定然能做宰相。'小宋'不及'大宋'，但也一定能够登上显位。"后来果然应验。

明代有一部戏曲《四喜记》，收了"二宋"的许多逸事：有一回下雨，府中蚁窝被水淹没，宋庠心怀恻隐，用竹枝搭桥救了蚂蚁，因此积了阴功，当了宰相。宋祁作词得宫人的事也编在里面。

"二宋"兄弟在史评上大不相同。宋史里，时人认为宋祁是附于其兄而入载的，称"风操不及其兄"。但宋祁风操如何，也是见仁见智的事。

宋祁越老越纯稚，是他不同于兄长的一大好处。晚年时他说自己："学不名家，文章仅及中人。"这份自知需要极大的勇气。谦逊不用说，这份诚挚也是少有的。

　　但宋祁年轻时却特别喜爱卖弄学问，他同欧阳修一起修史书，尽用一些雕琢艰涩的字眼，刻意让人读不懂。欧阳修是主张诗文革新的领袖，就想劝劝他。一天午后，欧阳修故意在自己家的墙壁上写上："宵寐非祯，札闼洪休。"然后叫来宋祁，请他作解。

　　宋祁到底是才子，一看就说："这不就是'夜梦不祥，题门大吉'吗？何必写成这样？"欧阳修笑道："我不就是以您在《李靖传》里写的'震霆无暇掩聪'这类话为榜样吗？"宋祁一听红了脸。从此文风顿改，扫除了弊病。

　　这样的宋祁其实不讨厌，反而让我们隔了千年的风烟，去怀想一个不掩己短的人。

　　奉命和欧阳修一起编《新唐书》，确实是宋祁人生中最值得自诩的一件事。晚岁时，宋祁镇守成都，将《新唐书》带到任上刊修，每每于宴会散后，盥手漱口已毕，打开寝室大门，垂下帘幕，点燃两根巨烛和一支檀香……远近都知道是尚书大人在写书，望去如神仙出尘——那样的冬夜清透明澈，只听听翻书页的声音都是好的，更不用说写书——写比读累一点，但也甜一点。这样的经验是读书写书的人独有的双倍愉快。

　　庆历年间的一个大雪天，他秉烛垂帘，室内燃着炽热的炭火，身畔姬妾环列。正笔饱墨酣，他忽然抬头，问姬妾们："你们都曾在别人家待过，见过有主人像我这样清雅脱俗的吗？"她们都说："确实没过。"姬妾中有一人，前主人是宗室子弟，他问："你家太尉遇到这种天气时做什么？"那女子回答："太尉只是拥着火炉欣赏歌舞，间以杂剧取乐，喝一场大醉而已，如何比得学士阁下？"他却点头，叹道："其实那样也不坏啊。"于是搁笔不写，饮酒为欢，直到天亮。

修史大抵是件枯燥的事，他却能将学术做得如此倜傥，还随流折转，不固执己见，快意得很。

在某种程度上，宋祁和他的座师晏殊很相似：艺术修养全面，安于富贵，喜宴游。因此晏殊一度对这个门生极为赏识。但比之晏殊，宋祁显得更张扬更肆意，更像一个真人，无所羁绊——他在起草晏殊罢相的诏书上指斥老师，丝毫不予回护，人皆惊异，晏殊更是愤慨不平，宋祁自己却并不以为然。这个不逊的故事里却也有另一种意味——不以一己之私人恩惠而损国家大义，也是难得。

宋史上，时人称宋祁"风操不及其兄"，缘由之一，就是宋祁生性豪奢，耽于逸乐，纵情酒色。他常在家中大排筵宴，痛饮狂欢通宵达旦，时人称之为"不晓天"。

北宋官员待遇是不错的：一品执政大臣年俸是三千六百贯钱、一千二百石粟米、四十匹绫、六十匹绢、一百两冬棉、一万四千四百束薪、一千六百秤炭、七石盐，再加上七十个仆人的衣粮。然而宋祁的奢侈程度明显超出了他俸禄的支付能力，因此就被以刚正闻名的包拯盯上了。包拯、宋祁同朝为官，按照现代法学术语，宋祁有"巨额财产来源不明"的重大嫌疑，如果让包拯放手去查，宋祁只怕难逃此劫，十有八九要被塞进包青天的虎头铡下。

嘉祐四年（1059），宋祁在三司使任上期间，包拯终于出手了，正式向宋仁宗上书弹劾，要求彻查宋祁的家庭财产与经手政务。因为三司使这个官职相当于财政大臣，负责掌管盐铁、户部、度支三部，是个很有油水的肥缺。

但仁宗颇有意回护，将宋祁降为郑州知州，把事情压了下来。

千百年来，人们总是理想化地把忠诚清廉与简朴贫困联系在一起，自觉不自觉地建立了一个忠臣必然清、清官必然穷的等式，好像不做苦行僧就不是好官似的。因此不管哪朝哪代，只要对岳飞、于谦他们有微词的，都会被骂趴下，只因为他们忠诚且清廉，近乎完美。但很多时候，忠诚是忠诚，富贵是富贵，它们各不相干。

幸好还有下面的吉光片羽，给宋祁涂上一些明亮的色彩：

仁宗年间的一个初冬，开封一带喜获丰收，到处是安乐景象。当时任职工部尚书的宋祁来到野外，走走看看，很有感触。正好迎面来了一个老农，他便上前作揖道：

丈人甚苦暴露，勤且至矣！虽然，有秋之时，少则百囷，大则万箱，或者其天幸然？其帝力然？

这是非常友好、平等的问候：老人家辛苦了，丰收了，您说，这是因为上天的护佑，还是因为皇家的福气？

不料老农听了哈哈大笑，说：

> 何言之鄙也！子未知农事矣！……今日之获，自我得之，胡幸而天也！且我俯有拾，仰有取，合锄以时，衰征以期，阜乎财求，明乎实利，吏不能夺吾时，官不能暴吾余，今日乐之，自我享之，胡力而帝也！吾春秋高，阅天下事多矣，未始见不昏作而邀天幸，不勉强以希帝力也！

很有意思，面对显贵，老农毫不买账：你的话多么无知啊，你一点也不懂得农事！今天我收获的庄稼，是我自己耕耘得来的，怎么能说是上天的恩赐呢？我有理有节地生活，顺应时令地耕种，官吏不能打乱我的耕耘规律，不能夺走我应得的余粮，今天我很享受我的生活，不是因为皇家的福气！我这么老了，见的事多了，还没见过不努力劳动，而希图借助皇家福气来填饱肚子的人呢！

老农说罢，扬长而去。工部尚书傻乎乎地站在那里发愣，然后一笑作罢。

事情乍看有点不可思议。一个堂堂国家大员，礼贤下"农"，亲切问候，却得到一顿毫不客气的抢白，而大员也没有生气，没有特权报复。有人说，这是他自己写在志乘里的，也许是自夸。但如果是真的，那就值得嘉许：这篇文字显出了他在那个时代非同一般的胸襟气度。无论贵贱，你我是平等的。这样就我与你，人和物，既主既客又非主非客，地位平等精神自由，微尘为大千，转瞬成千古……对于人生和生命的理解，真是通透了。

宋祁的确是通透的人。他自己写好自己的墓志铭，临终时，在《治戒》中告诫儿子：不要被当时风俗所左右，也不必按习俗请阴阳先生看风水；下葬用一口简陋的棺木，只要能安置遗体即可。他只要求在坟边种五棵柏树。这种丧葬理念在现在看，也很先进。即使没有诗词，只这样的几句遗嘱，也满含了沉实的辛辣气。

生命的长旅，每个人都只能独来独往。经历过沉浮之后，能最后活明白：什么东西都带不走，也不容易。

词人小传

宋祁（998—1061），北宋史学家、词人。字子京，开封雍丘（今河南杞县）人，幼居安陆（今属湖北）。与兄长宋郊（后更名庠）并称"二宋"，宋祁为"小宋"。因《玉楼春》词中有"红杏枝头春意闹"句，世称"红杏尚书"。

祖先为周武王所封宋国君主微子，高祖宋绅为唐昭宗御史中丞，因言语不当获罪，被罢免了官职，举家搬迁至雍丘县。

天圣二年，宋祁与兄长同科及第。礼部拟宋祁第一，宋庠第三，因章献太后觉得长幼有序，弟弟不能排哥哥前面，遂定宋庠为状元，宋祁为第十位，时人有"双状元"之称。

仕途，宋祁走得很顺：因为才华出众，从复州军事推官一直做到礼部侍郎、吏部侍郎。有三次被贬，但都不久即被召回。与欧阳修等合修《新唐书》，前后长达十余年，书成后被提拔为工部尚书。

后于东京辞世，寿六十三岁，卒后谥号景文。

擅长作词，作品不多，但贴近生活，语言工丽。今存宋祁诗文集已非完本。

有《宋景文公集》。近人赵万里辑有其词《宋景文公长短句》一卷。

之七

宋祁

酒色丛中过，片叶不沾身

103

宋祁代表作

浪淘沙近

少年不管，流光如箭，因循不觉韶光换。至如今，始惜月满、花满、酒满。

扁舟欲解垂杨岸。尚同欢宴，日斜歌阕将分散。倚兰桡，望水远、天远、人远。

译释

年少气盛时，总觉得来日方长，毫不在意地挥霍大好韶光，不觉光阴似箭，岁月悄然流逝。

到今天幡然醒悟，才明白月不长圆，花不常开，酒不长满，有花、有月、有酒的美好青春，值得珍惜。

垂杨柳下扁舟待发，却舍不得散了这一场欢宴。待到斜阳西下，歌咏阑珊，行将离去时，倚着小船回首而望，却只见天高水阔，相知的朋友与留不住的青春一样，渐行渐远。

名家点评

　　王国维："红杏枝头春意闹"，著一"闹"字而境界全出。

　　晁公武：（他的）诗文多奇字。

之八

晏幾道

和他做朋友吧，別做他的家人

鹧鸪天 · 彩袖殷勤捧玉钟

宋 · 晏幾道

彩袖殷勤捧玉钟，
当年拚却醉颜红。
舞低杨柳楼心月，
歌尽桃花扇底风。

从别后，忆相逢，
几回魂梦与君同。
今宵剩把银釭照，
犹恐相逢是梦中。

壹

中国历史上，很少有类似北宋这样极具审美性的时代——百艺繁华，四处白衣飘飘，画多，诗歌多，情丰物茂，水墨氤氲，样样事物令人倾心。那些似乎来自天上的、不可思议的人们，在没有伴奏和指挥的情况下，低音部高音部，你呼我唤，溪流大洋，凹凸暗合，婉约豪放，纯驳互见，发出了天籁之音。

北宋初期的士大夫既获得了政权上的优厚待遇，又保持着相对的人格独立，像晏殊、范仲淹、欧阳修等人物，既有大的政治理想，又有小的生活情趣，就像大地上有阔叶林，也有小灌木。这很好。

醉别西楼醒不记，春梦秋云，聚散真容易。斜月半窗还少睡，画屏闲展吴山翠。

衣上酒痕诗里字，点点行行，总是凄凉意。红烛自怜无好计，夜寒空替人垂泪。

——《蝶恋花·醉别西楼醒不记》

晏幾道的世界，是一个悬挂着秋千的院落，被重重帘幕遮掩着。他在那帘幕背后，只为听一曲一曲道别的歌子；他的词是繁华将尽时最后的一曲骊歌，同夕阳一点点坠落，在那丝绸似的湖面上，向世界做着道别。

晏幾道排行第七，人们喜欢叫他"晏七"——不只是他，秦观、柳永、许浑等，那些善于写爱情的好手们也都是排行第七呢。我印象里，似乎词人和"七"这个数字格外有缘。

与六位兄长不同，晏幾道仗着自己超人的文学才能及父亲的宠爱，远离仕途，任性而为，几乎一生都在青春里度过，而青春里那股逼人的傲气，也只为她们——那些在他的词里被称为"玉人""秦娥""翠眉"的女子们——低头。这些女子的名字多么动听啊，叫人不由得闭上眼睛，想象雪花和甜橙。而他赞扬她们的歌声飞上云霄，在千年后化作一树梅花。

吴可在《藏海诗话》中说：

> 秦少游诗："十年逋欠僧房睡，准拟如今处处还。"又晏叔原词："唱得红梅字字香。"如"处处还""字字香"，下得巧。

其实，晏幾道的句子不仅"下得巧"，而且无论头尾，随便腰斩来两句，都能觑见痴情。比如"行尽江南，不与离人遇"，比如"当时明月在，曾照彩云归"，比如"欲将沉醉换悲凉，清歌莫断肠"……他对女子们的赞美，诚挚而深沉。

但这种赞美，权贵们却求不来。宋徽宗大观元年（1107），权倾朝野的蔡京在重九、冬至日，几次请晏幾道写词。无奈之下，晏幾道写了两首《鹧鸪天》，"九日悲秋不到心，凤城歌管有新音""晓日迎长岁岁同，太平箫鼓间歌钟"，没有一句言及蔡京。

在创作的盛年，晏幾道平静地守持着一种姿态，仿佛只为了填词这一件事而活着。他的叙说美得超出我们的经验范围。

晏殊同柳永有些像，也有些不像。比较而言，晏幾道更叫人喜欢：他爱得更干净，也更忠于初衷——或许是因为他出身更好，没有经历太多的风尘坎坷，所以他的文字也洁净异常，让人想起素笺、修竹、羊脂玉……近乎情话氛围。这些遥远幽深的事物，它们的品质都像水，蓄满寂寞——以一种安静坦然的姿态存在。

词论者都以为大晏的《珠玉词》高于小晏的《小山词》。其实，虽然大晏与小晏所写均归为婉约，但其品第与格调却大不相同：大晏少年得志，尽享荣华富贵，其词自然雍容丰腴，如红紫牡丹国色天香；小晏饱尝人世冷暖，甘苦自知，其词自然悲欣交集，像黄白菊花染尽沧桑。两者大不同。

晏幾道有一颗灼热的心。在他的词中，身怀绝技的歌女如同一株株盛放的植物，芳菲四溢。他与歌女们的交往，并非出于色相，而是精神上的共鸣。

疏梅清唱替哀弦，似花如雪绕琼筵。

——《浣溪沙》

曲终人意似流波，休问心期何处定。

——《木兰花》

闲弄筝弦懒系裙，铅华消尽见天真。

——《浣溪沙》

全然是一副知音的口吻。

与她们离别之后，晏殊给她们写信——

泪弹不尽临窗滴，就砚旋研墨。渐写到别来，此情深处，红笺为无色。

——《思远人》

相思处，一纸红笺，无限啼痕。

——《两同心》

题破香笺小砑红，诗篇多寄旧相逢。

——《鹧鸪天》

凭谁细话当时事，肠断山长水远诗。

——《鹧鸪天》

欲写彩笺书别怨，泪痕早已先书满。

——《蝶恋花》

相思本是无凭语，莫向花笺费泪行

——《鹧鸪天》

……

他将她们看作潇湘馆或蘅芜苑里的女诗人，无望地暗恋、单恋，偷偷藏在心里的爱人，跟自己人格平等，而不是奴婢身份。那著名的四歌女，"莲、鸿、蘋、云"，像当代诗人海子的四姐妹一样，成为永不泯灭的象征符号。

晏幾道词中记载的这几位女子，是好友沈廉叔与陈君龙家的歌女，个个貌美如花，能歌善舞。每次聚会，他都要写新词让她们唱："每得一解，即以草授诸儿，吾三人持酒听之，为一笑乐"，这是他一生中最逍遥的好时光。

其中给小莲写的词最多："小莲风韵出瑶池""浑似阿莲双枕

畔""香莲烛下匀丹雪""凭谁寄小莲"……

小莲是怎样一个女子？晏幾道在《木兰花》中这样形容她：

> 小莲未解论心素，狂似钿筝弦底柱。脸边霞散酒初醒，眉上
> 月残人欲去。
>
> 旧时家近章台住，尽日东风吹柳絮。生憎繁杏绿阴时，正碍
> 粉墙偷眼觑。

小莲有时会顽皮地抢着喝一点酒，其实她根本没酒量，喝一点就
醉了，借着醉意，弹筝时狂态十足，特别惊艳。词人回忆与小莲初次
相见时的趣事：妩媚多情的她，居然恼恨杏子成丛绿荫满树，挡住了
她偷窥的视线。偷窥的对象会是谁呢？我们不得而知。

后来，晏幾道与小莲分别，没有再见面，只能在回忆里重温在一
起时的美好时光。记忆里，小莲永远不会老，老去的只有光阴。

新旧政党纷争激烈的元祐初年，晏幾道登上词坛，此时小令已经
到了山穷水尽的地步——总是老三样。但晏幾道几乎是凭借一己之力
使小令柳暗花明。他也把词作为娱乐，虽没有突破花间的艳科，却确
立了将真情实感赋予诗词的创作基础。

在我眼中，人如果活得舒展、真实，如一株追随太阳的向日葵，能春风放胆，也能夜雨瞒人，便是理想境界。但人生中有太多悲剧需要自我救赎。晏幾道的词让一切事物变得宁静而绵远，外面的、内心的、一切的喧嚣停驻。读这样如天空朗月般皎洁的词，也是自我救赎的一种方式。

> 柳丝长，桃叶小。深院断无人到。红日淡，绿烟晴。流莺三两声。
>
> 雪香浓，檀晕少。枕上卧枝花好。春思重，晓妆迟。寻思残梦时。

——《更漏子·柳丝长》

描摹爱情是一项本事，历代文人中出色者不多。而晏幾道是出色者中的一个。在漫长和抒情的一生里，晏幾道和他的描写对象彼此爱慕，相互成就。

对于诗歌写作，叙述是一种冒险，弄不好就是一种平庸的罗织，但晏幾道的细节描写显然避免了这种平庸，而是绵密成茧，再丝丝缕缕编织成锦缎。这是很难的一项技能，或者说本能。

听听晏幾道的《菩萨蛮》：

> 哀筝一弄湘江曲，声声写尽湘波绿。纤指十三弦，细将幽恨传。

当筵秋水慢，玉柱斜飞雁。弹到断肠时，春山眉黛低。

对于人间来说，每一样乐器都是上天在某一个时辰的恩赐之物，有许多密码隐藏在其中，如同每一个被许下愿望的漂流瓶被抛向大海，遇到不遇到，什么时候遇到，遇到谁，几乎是宿命。比如，它们被分配了掌管时辰——清晨是钟，午后是排箫，黄昏是笛子，夜晚是箜篌和筝……当听到眼前人行云流水般的演奏时，他不写自己如何沉醉，只说青山也低下了眉眼。

他也是有爱情的吧，对某个女子深刻的真爱，否则不会有"行尽江南，不与离人遇"的专心。那场爱情，可能源自一个春天，墙头有红杏，门外有绿杨：

秋千院落重帘幕，彩笔闲来题绣户。墙头丹杏雨余花，门外绿杨风后絮。

朝云信断知何处？应作襄王春梦去。紫骝认得旧游踪，嘶过画桥东畔路。

——《木兰花》

一场雨后，花瓣落满地；一阵风后，杨絮半空舞。写花絮和风雨，其实还是写那泪眼看花絮和风雨的人。清绝纯洁，又孤独。黄苏评论说："接言墙内之人，如雨余之花；门外行踪，如风后之絮。"

闺中人与途中人就这么两两纠缠着，各自相思着。

下阕忽然步入无路可走的绝地：不知从哪一天起，我们的信件中断了，我们的爱情也中断了。思念却如同春色，无边无际地蔓延开来。他是痴人，只愿意去到生命的原野，用简单的心思，将一篇小词酿成春天。这首词结末二句，马成为主角，马的嘶鸣从远处传来，整条路，整个院落，都可以听见，人却隐藏起来，只用他的诗歌来呼唤一个人，低低地，悄悄地，不为任何人所知地……

这一句被词论家沈谦所激赏：

> 填词结句，或以动荡见奇，或以迷离称胜，著一实语，败矣。康伯可"正是销魂时候也，缭乱花飞"；晏叔原"紫骝认得旧游踪，嘶过画桥东畔路"；秦少游"放花无语对斜晖，此恨谁知"，深得此法。

是的，马犹如此，人何以堪？马尚多情，人岂能无情？

至此，无端想起了诗人纪伯伦写给爱人玛丽的情书。纪伯伦在信中说：

> 我至死不离开此地，因它是永恒避难所，是记忆的故乡，又是你来访时的灵魂寄宿之地。我不会离开……我将留下……因为即使你身不在，我也能看见你；不管我愿意与否，每当你来到这

里，我还是允许你走……不管我愿意不愿意，你走时，我的灵魂总要哭泣！

西方人的情感表达比国人更为直接、更为狂热，如高音的歌剧，那当然也是不坏的，就像中外的诗歌，各有各的好，谁也不能代替谁。而在这首词中，同样是终生不悔的爱情，同样是魂牵梦萦的爱人，晏幾道徐徐写来，则多了几分婉转悱恻，像呢喃低语，是东方人的深情。

对于晏幾道的评说很多，黄庭坚总结得最干脆："痴儿"。对于一名诗人来说，这是最高级别的褒赞——他生来如此，不是装的。纵然诗人成千上万，可堪称"痴儿"的，唯晏幾道而已。

晏幾道（1038—1110），北宋著名词人。字叔原，号小山。抚州（今属江西）人。与其父晏殊合称"二晏"，词风似父而造诣过之。

其父晏殊官居相位，以才华闻世，晏幾道为晏殊幼子，自幼锦衣玉食，聪慧过人，七岁能文，十四岁及第。十七岁时，其父晏殊去世，家中境况一落千丈。晏幾道与几个未成年兄妹由二哥承裕之妻张氏"养毓调护"，至各自嫁娶成家，其间，这个绮罗丛中长大的公子哥儿饱尝世间冷暖。

后蒙恩荫，为太常寺太祝，却被诬告下狱，虽被宋神宗释放，却已是潦倒之身，不复意气风发的状态，几经辗转也没能找到重返官场之路，遂绝此想，唯词名盛传于京师。

晏幾道与黄庭坚交情甚笃，苏轼曾请黄庭坚转致期望结识之意，晏幾道回答说："今政事堂中半吾家旧客，亦未暇见也。"辞气倨傲，孤高之态可想而知。

宋徽宗大观四年（1110），晏幾道安然辞世，寿七十三。

晏幾道词作工于言情，语言清丽，词风哀感缠绵、清壮顿挫，将小令由晚唐五代不具个性的艳歌转为抒写一己之情的词篇。晏殊父子二人交相辉映，成为中国文学史上一道美丽的风景线。

存诗只数首。著有《小山词》。《全宋词》收其词二百六十首。

晏幾道代表作

临江仙

梦后楼台高锁，酒醒帘幕低垂。去年春恨却来时，落花人独立，微雨燕双飞。

记得小蘋初见，两重心字罗衣。琵琶弦上说相思，当时明月在，曾照彩云归。

译释

梦里，伊人所居的高楼台阁朱门紧闭，酒意消退，唯见重重帷帘低垂。去年春愁时节，落花纷坠斯人独立，细雨霏霏中燕儿双飞。

依然记得初次见到的小蘋，身着绣有两重心字的罗衣，拨弹着琵琶诉说相思。当时的月华皎洁如玉，照耀着她像美丽的彩云翩然而归。

名家点评

黄庭坚：寓以诗人之句法，清壮顿挫，能动摇人心。

周济：晏氏父子仍步温、韦，小晏精力尤胜。

吴世昌：《小山词》比当时其他词集，令读者有出类拔萃之感。它的文体清丽宛转如转明珠于玉盘，而明白晓畅，使两宋作家无人能继。

之九

苏轼

要过多少关，才能抵达生命的自由

水调歌头·明月几时有

宋·苏轼

明月几时有？把酒问青天。

不知天上宫阙，今夕是何年。

我欲乘风归去，又恐琼楼玉宇，高处不胜寒。

起舞弄清影，何似在人间。

转朱阁，低绮户，照无眠。

不应有恨，何事长向别时圆？

人有悲欢离合，月有阴晴圆缺，此事古难全。

但愿人长久，千里共婵娟。

壹

一提起苏轼，就想到小轩窗：

> 十年生死两茫茫，不思量，自难忘。千里孤坟，无处话凄凉。纵使相逢应不识，尘满面，鬓如霜。
>
> 夜来幽梦忽还乡，小轩窗，正梳妆。相顾无言，惟有泪千行。料得年年肠断处，明月夜，短松冈。
>
> ——《江城子·乙卯正月二十日夜记梦》

一个令人遥望千年的梦。梦里，爱人戴着花，嵌在小轩窗的相框里，还有簪在鬓角边上的一枝菊花。当然还有其他，爱的满足与喜悦、难过与失落，生命的静美与曲折、绝望与希望……说不清的驳杂镜像。

多么平常，像一件家常的旧衣裳，合身舒服，或像晴天循例出现的太阳，抬头即见；像耳语，语气极轻；像大浪淘沙之后的夜海，细密入心；再看下去，又像粗糙大手对脸上皱纹的抚摸，像男人压抑的哭泣。

凭这一首，苏轼就该立在史上；凭这一首，王弗就不冤做了他的妻。尽管后来的小朝云多么善解人意、多么知音，他为她写下多少伤痛的诗歌悼词和碑文，都敌不过这一首的深沉爱意。

比起其他旷世大言的东坡词，我尤其喜欢他这样朴素的小令——没有区分高下的意思，好诗歌哪里有质的高下之分？词的婉约豪放，比较起来也毫无意义。

这样的诗篇具有真正的生命，有体温，有代谢，也有终结。有时会舍不得读太多遍，宁可让时间中留下的空洞多一些，让一读之下的遐想多一些。切不可糟蹋了好诗歌。

文学一方面是功利的，一方面又是游戏的、非功利的。从词产生之初的功能来看，也是用来娱乐和消遣的"小道"，然后才慢慢宏大。如同许多诗人、词人一样，苏轼的词有极好的，也有不怎么样的；他人格高尚，也有些缺点；他勇往直前，也心事万千……看见苏轼，就等于看见了所有人。

苏轼的一生，如同他的诗词给我们的感觉：明亮，温厚，偶有伤怀，却并不阴郁。读他的诗词，会让人不止一次地觉得：活着是一件特美的事！其实苏轼经历过很多挫折，宿敌环伺，遇到的糟心事足以让普通人把眼睛哭瞎。他比一般人更懂得：活着并不是一件简单的事。像那首词里他劝自己弟弟的话一样，"世路无穷，劳生有限"——世间的路好长啊，哪有尽头？劳苦忙碌的人生却这么有限，"用舍由时，行藏在我，袖手何妨闲处看。身长健，但优游卒岁，且斗尊前"——时世决定了被重用还是被弃用，可出世入世自己可以把握。所以他不纠缠于烂事，不纠缠于烂人，其他都是外物，只有身上的零件是自己的，不如袖手做个旁观者，保证身体健康，悠游度日。

就这样，钱关、情关、生死关，关关要命，他都闯过来了，终于达成生命的自由。

其实，属于苏轼的悠游岁月并不多。他的一生，似乎总是在被贬的路上。

第一次被贬，是元丰二年（1079）的"乌台诗案"，他从湖州知州任上被押解进京下狱，虽说侥幸没被处死，然而牵连了三十九位亲友，震惊朝野。

"乌台诗案"直接的罪证是苏轼的一部诗集，最先把这部诗集作为罪证上报朝廷的人，是《梦溪笔谈》的作者沈括。当朝仇视苏轼的御史抓住这个机会，一口咬定苏轼讥讽皇帝、罪大恶极，举出苏轼的《杭州纪事诗》作为证据，说苏轼"玩弄朝廷，讥嘲国家大事"，从他的诗文中找出一些句子，如"读书万卷不读律，致君尧舜知无术"，本来苏轼是说自己没有把书读通，所以无法帮助皇帝成为像尧、舜那样的圣人，御史却说他是讽刺皇帝没能力教导、监督官吏；又如"东海若知明主意，应教斥卤变桑田"，说苏轼指责兴修水利这项措施不对，其实苏轼自己在杭州也兴修水利工程，怎会认为那是错的呢？最后，大"毛病"被挑出来了：苏轼《咏桧》诗中有"根到九泉无曲处，世间唯有蛰龙知"的句子，御史联合几个人在神宗面前如此挑拨："陛下飞龙在天，苏轼以为不知己，反欲求地下蛰龙，不是想造反吗？"

于是神宗便下令将苏轼免职，逮捕下狱，按律应处极刑。其间苏轼几生几死，命悬一线。最后，还是因为已经退休的王安石上书神宗"安有圣世而杀才士乎？"，才使苏轼终于逃得一命，元丰三年（1080）被贬至黄州。

因为"乌台诗案"，导致后世的损失还有——苏轼进京后，其妻王闰之（他第一任妻子王弗的堂妹）怕再生祸端，将苏轼诗文手稿尽数焚毁，因此苏轼前期作品大多湮没。

——原来我们现在读到的这些光华万丈的辞章，竟仅仅是文豪残存！

苏轼被贬为黄州团练副使，相当于民间的自卫队副队长，职位相当低微，还一度没有俸银，只配给一丁点生活用品，生活上艰苦得不行，"空庖煮寒菜，破灶烧湿苇"，几乎吃不饱，只能"寓僧舍""随僧餐""惟佛经以遣日"。

那年中秋，苏轼写下一首《西江月》：

> 世事一场大梦，人生几度秋凉。夜来风叶已鸣廊。看取眉头鬓上。

酒贱常愁客少，月明多被云妨。中秋谁与共孤光。把盏
凄然北望。

一句"世事一场大梦，人生几度秋凉"，可知其心境。

虽然艰苦如此，苏轼依旧以他特有的浪漫才情，在游览了黄州城
外的赤壁后，写下了流传千古的《赤壁赋》《后赤壁赋》及《念奴
娇·赤壁怀古》，还给自己取了"东坡居士"的雅号。

宋神宗元丰五年（1082）旧历三月七日这一天，苏轼和朋友们
一起出游，路上忽然下起雨来，大家都觉得很狼狈，唯独苏轼镇定自
若，写下一首《定风波》并序：

三月七日，沙湖道中遇雨。雨具先去，同行皆狼狈，余独不
觉。已而遂晴，故作此。

莫听穿林打叶声，何妨吟啸且徐行。竹杖芒鞋轻胜马，谁
怕？一蓑烟雨任平生。

料峭春风吹酒醒，微冷，山头斜照却相迎。回首向来萧瑟
处，归去，也无风雨也无晴。

这份豁达，放眼古今，几人能及？

但命运并不因为苏轼的豁达而稍改狰狞的嘴脸。

仇视苏轼的势力依旧在步步追杀，抓住一切机会打击他。所以他大半生流离失所，不是被贬，就是在被贬的路上，足迹遍及今天十一个省市自治区，仓皇到有时刚准备安顿，就又被催命般调离——政敌对他玩恶作剧，命运也是。

虽然如此，这位迷茫无告、自认为"已灰之木"的文人，在给一孔姓朋友的诗里，仍流露出对声势煊赫的官场的蔑视："我本麋鹿性，谅非伏辕姿"。不仅如此，苏轼还替监狱里的犯人幽咽，替无衣无食的老人哀号。他写乡村田园逸兴时，起的题目却是《吴中田妇叹》：

> 汗流肩赪载入市，价贱乞与如糠粞。
> 卖牛纳税拆屋炊，虑浅不及明年饥。

他歌咏"春入深山处处花"，也摸摸农民的口粮袋，见农民吃的竹笋没有咸味，只因"尔来三月食无盐"，遂直指朝廷的专卖垄断；他写被征调的人民苦挖运河以通盐船，言辞更加锋芒毕露："人如鸭与猪，投泥相溅惊。"

他嘲讽赋税严重，冷对千夫指："人间行路难，踏地出赋租""而今风物那堪画，县吏催钱夜打门"……

他以"农夫辍耕女废筐"与"白衣仙人在高堂"对比；也以"立杖归来卧斜阳"饱食终日的御马与"山西战马饥无肉，夜嚼长秸如嚼竹"的战马对比；还以"富人事华靡，彩绣光翻座"与"贫者愧不能，微挚出春磨"对比；更以"千人耕种"与"万人食"，"一年辛苦"与"一春闲"对比……一颗装着黎明众生的慈悲心，将冷冷暖暖人间事一一收纳。

虽然"乌台诗案"也是因言获罪，虽然语言这"轻飘飘"的东西可成为令人恐惧的锐器，招致祸端，白纸黑字更有可能授人以柄，但苏轼豁达的胸襟之内，一腔热血，从没冷却。他两次赴杭州任职，第一次任职时就想疏浚西湖，但修复工程刚刚开工，就被调离。第二次任杭州知府时，正逢江浙大旱，饥荒与瘟疫并作，百姓生存面临严重的威胁，苏轼一面上书朝廷请求减免贡米，一面广开粮仓，设点施粥，救济灾民，一面调遣民间医生，免费为百姓诊疗治病，同时组织对西湖进行大规模的疏浚，建立灌溉系统，恢复粮食生产，带领民众度过灾年。

苏轼每到一个地方就任，都会尽心竭力造福当地，深受百姓爱戴。但他的个人际遇却并没有因此得到改善。绍圣四年（1097），苏轼已过花甲，却被贬到儋州（今属海南）。宋时的海南气候炎热，遍地瘴气，生活条件非常恶劣。对于中原人士，被放逐海南是仅比满门抄斩罪轻一等的处罚。

此时，苏轼的两任妻子均已辞世，如花解语相濡以沫的朝云也永远地长眠在惠州。到儋州时，随从受不了这里的艰苦环境，都跑光了，苏轼身边只有小儿子苏过陪伴。但到了儋州后，苏轼依旧把民生疾苦放在第一位，在这里办学堂，启民智。因为苏轼自身的文名，许多人不远千里，追至儋州跟从他学习，儋州的人文环境由此产生了巨大的变化。北宋一百多年间，海南从没出过进士，苏轼北归不久，当地人姜唐佐就举乡贡，人们把苏轼看作是儋州文化的开拓者、播种人，对他怀有深深的崇敬。儋州流传至今的东坡村、东坡井、东坡田、东坡路、东坡桥、东坡帽等，连语言都有一种东坡话，无不彰显着苏轼对这片土地的开化之功。

苏轼一生辗转不宁，年岁渐大后希冀安稳而求不可得，内心的激愤、无奈发诸笔端，因此常有叹身世飘零和人生如梦的句子：

> 缺月挂疏桐，漏断人初静。谁见幽人独往来，缥缈孤鸿影。惊起却回头，有恨无人省。拣尽寒枝不肯栖，寂寞沙洲冷。
>
> ——《卜算子·黄州定慧院寓居作》

> 孤馆灯青，野店鸡号，旅枕梦残。渐月华收练，晨霜耿耿，云山摛锦，朝露漙漙。世路无穷，劳生有限，似此区区长鲜欢。微吟罢，凭征鞍无语，往事千端。

当时共客长安。似二陆初来俱少年。有笔头千字，胸中万卷，致君尧舜，此事何难。用舍由时，行藏在我，袖手何妨闲处看。身长健，但优游卒岁，且斗尊前。

——《沁园春·孤馆灯青》

但他的大智慧，终于让自己渐渐收敛心性，"我适物自闲""不听穿林打叶声"，用"不听"的盾牌，挡住来自恶势力的打击，从具体的政治忧患，转向宽广的人生思考，从青年的无奈，转向中年的从容、老年的旷达——那都是被苦难逼出来的诙谐超脱。

诗人每多游历。比如太白，自当年长安一出道，即被冠以"谪仙人"，而后行旅天下，举杯邀月，坐实"天仙"美名；而苏轼一生兜兜转转，被迫奔走四方，负重万里而从容自在，可当得起"地仙"的美誉。太白如天仙谪世，有长天巡视的霸气；苏轼如地仙修行，磨难累积苦中作乐，有大地低垂的温暖。两种好颜色，正如梅与雪——"梅须逊雪三分白，雪却输梅一段香"。

然而，论全面，还是苏轼更佳：不用问他会什么，就看他有什么不会吧，烧个肉都比别人香。以此而言，苏轼的人生更厚实，也更坚强达观——时时无趣时时趣，处处不安处处安，不负天不负人不负己，无论外界环境如何，都可以自己做逍遥游。

为官，民生第一，倾尽全力，在任何窘境下，对任何地方，都当成家乡。即便在海南饿病难当时，他还能说"我本儋耳人，寄生西蜀州"；为政，他坦荡无私，对政敌制造的危机、步步紧逼的恶意，他也不怨恨。比如，那个造成他毕生苦难的关键人物——曾同期中举、情同手足，后来虐东坡千百遍的章惇，后来也遭贬至雷州半岛（即苏轼曾写下"日啖荔枝三百颗"的地方），苏轼没有看他笑话，还写信给章惇的儿子，说："某与丞相定交四十余年，虽中间出处稍异，交情固无增损也。闻其高年寄迹海隅，此怀可知。但以往者更说何益，惟论其未然者而已……"意思是：我和你父亲是四十多年的好朋友，虽曾有点不和，友谊却恒在，过去的事不用提了，咱们只看未来……然后不厌其详地讲述自己在雷州生活的经验教训，提供常用药方，还嘱咐章惇要"练气功"，保养身体。

对自己，则化任何忧境为乐境，可打趣友人，可自嘲，可大块朵颐，总之，不委屈。

夜饮东坡醒复醉，归来仿佛三更。家童鼻息已雷鸣。敲门都不应，倚杖听江声。

长恨此身非我有，何时忘却营营。夜阑风静縠纹平。小舟从此逝，江海寄余生。

——《临江仙·夜饮东坡醒复醉》

伍

无论中国诗歌还是中国诗人，如果少了苏轼，便会失去最亮丽的颜色。

如果仅仅是一个滥好人，可能被人欺；如果仅仅是喜欢艺术，只是书生意气；如果只有责任感，不免乏趣；如果只是热爱吃⋯⋯不过吃货罢了。而能"吾上可陪玉皇大帝，下可陪卑田院乞儿""眼前见天下无一个不好人"的，古往今来，只有一个苏东坡。

这是超凡的境界，也是为人的最高境界。也许，除却那些诙谐的、有趣的、有才华的、旷达的诸多特点，慈悲，一直作为东坡的底色，尤其珍贵。

肯定也有痛苦——不痛苦，何来旷达？肯定也有人性的缺点，但他尽力避开和清除。而对于他的赞美之辞，一如他在湖北挥就的《寒食帖》——不过一方尺牍，历代无数收藏家的印鉴，以及有名无名的人们热心的题鉴，密密麻麻凑在后面，成数丈不止的长卷。

华夏五千年，历史舞台上走马灯一样，掠过俊杰无数，总有人对某人身上的某处不满意。只有苏东坡，只要精神正常没毛病，没有不服气他的。这个文化现象是吉光片羽，妙物奇观，也是春华秋实，自然结果。

东坡不死，万物是他。

词人小传

苏轼（1037—1101），北宋文学家，"唐宋八大家"之一。字子瞻，号东坡居士，眉州眉山（今属四川）人。

其诗清新豪健，独具风格，与黄庭坚并称"苏黄"；其词开豪放一派，与辛弃疾并称"苏辛"；文纵横恣肆，与欧阳修并称"欧苏"。

与父亲苏洵、弟弟苏辙，世称"三苏"，父子三人皆以才名闻世。

二十一岁时，苏轼与十九岁的弟弟同科及第，苏家一时荣光无限。但不久母亲、父亲相继病故。苏家兄弟依礼守孝，回京后因政见不同，与王安石起了摩擦，三十四岁被迫离京，为杭州通判，后陆续调往密州、徐州任知州。在地方任职时，革新除弊，因法便民，兴建水利，颇有政绩。

四十三岁调任湖州知州，循例向神宗上书《湖州谢上表》，被政敌揪住表中的字句，解读为"隐含讥讽之意"，被御史台吏卒逮捕，解往京师，受牵连者达数十人，造成轰动一时的"乌台诗案"。

政敌欲置苏轼于死地，但已退休的王安石却上书为其求情，苏轼辗转逃得一命，接连被贬。颠沛流离中，苏轼的幼儿不幸夭折，且路费已尽，因停驻常州。

哲宗继位后，司马光为相，苏轼重新被起用，但是他看不惯新兴势力的腐败专横，又向朝廷提出谏议，于是又遭诬告陷害，再次外调至杭州，后又调往颍州、广东惠州、海南儋州，一次比一次偏远。

徽宗即位后，苏轼又被调任至廉州、舒州、永州。六十三岁遇朝廷大赦，复任朝奉郎，却在北归的途中病故于常州，享年六十四岁。弟弟苏辙做主，葬兄于汝州。朝廷追赠苏轼为太师，追谥"文忠"。

苏轼一生仕途坎坷，际遇艰难，但性格豁达，下笔豪迈，文字幽默风趣，少有愁苦之叹。文学艺术上成就斐然，诗、词、文皆冠绝一时；擅书法，为"宋四家"之一；擅长文人画，尤擅墨竹、怪石、枯木等。还堪称美食家，对烹调菜肴很有研究。

现存诗约四千首，风格多样，笔力纵横，穷极变幻。他将北宋诗文革新运动的精神扩大到词的领域，对词的迅猛发展做出了重大贡献。

传世作品中，诗文有《东坡七集》《东坡易传》《东坡乐府》等，书画有《寒食帖》《潇湘竹石图》《枯木怪石图》等。

苏轼代表作

念奴娇·赤壁怀古

大江东去，浪淘尽、千古风流人物。故垒西边，人道是、三国周郎赤壁。乱石穿空，惊涛拍岸，卷起千堆雪。江山如画，一时多少豪杰。

遥想公瑾当年，小乔初嫁了，雄姿英发。羽扇纶巾，谈笑间、樯橹灰飞烟灭。故国神游，多情应笑我，早生华发。人生如梦，一樽还酹江月。

译释

江水滚滚不断东流，将那些千古风流的人物尽数淘去。在那古战场的西边，说是三国周瑜破曹军的赤壁。乱石耸立，惊涛猛烈拍岸，卷起的浪花仿佛冬日千重雪堆。江山如此美丽，倾倒了多少英雄豪杰。

遥想当年小乔的夫君周公瑾英姿飒爽，手摇羽扇头戴纶巾，从容笑谈间，曹操八十万雄兵土崩瓦解。今天在赤壁战场神游，可笑两鬓斑白的我竟有如此多的怀古之意。人生真如同一场大梦，往事不必挂怀，就让我们举起酒杯，来与这万古明月共饮。

名家点评

蔡嵩云：东坡词，胸有万卷，笔无点尘。其阔大处，不在能作豪放语，而在其襟怀有涵盖一切气象。若徒袭其外貌，何异东施效颦。东坡小令，清丽纤徐，雅人深致，另辟一境。设非胸襟高旷，焉能有此吐属。

刘辰翁：词至东坡，倾荡磊落，如诗如文，如天地奇观，岂与群儿雌声学语较工拙？

元好问：唐歌词多宫体，又皆极力为之。自东坡一出，性情之外，不知有文字，真有"一洗万古凡马空"气象。

之十

岳飞

精忠报国，始终以恢复为己任

满江红·登黄鹤楼有感

宋·岳飞

遥望中原，荒烟外、许多城郭。

想当年、花遮柳护，凤楼龙阁。

万岁山前珠翠绕，蓬壶殿里笙歌作。

到而今、铁骑满郊畿，风尘恶。

兵安在？膏锋锷。民安在？填沟壑。

叹江山如故，千村寥落。

何日请缨提锐旅，一鞭直渡清河洛！

却归来、再续汉阳游，骑黄鹤。

至南宋，宋朝的发展已到晚期，所能做的只是挨日子。

微小的烦恼让人喋喋不休，深沉的苦难却让人选择沉默。南宋百姓承载不起生命的重负，无力回天，只能闭目等死。不料民间出了一个救火队员，舍得一身剐，差点中兴这个王朝。

他就是岳飞。

靖康元年（1126），金军攻占汴京，掠走财宝，次年捉了钦宗和徽宗。在这场史无前例的劫难中，徽宗的第九子康王赵构由于不在都城，成为皇室唯一的幸存者。这一年，赵构逃到应天府（今河南商丘），重建宋朝，史称南宋，赵构就是宋高宗。后来高宗又逃到杭州并定都于此，重用秦桧，一心求和。

为了求和，他们杀害了岳飞。而此时的岳家军节节胜利，就差一步，即可收复最后一点失地，打回都城汴京。

一直不明白，南宋的君臣为什么那么容不得岳飞。是因为岳飞的存在，镜子一样明晃晃地照出这些没有骨头、只想在苟且中醉生梦死的人那些恶心的嘴脸，让他们自己也无法直视吗？

可叹岳飞的本意，只是想精忠报国，效忠皇帝。但皇帝需要的，不是这样白璧无瑕、近乎神圣的"忠"。

这是怎样的讽刺与悲哀！

岳飞以一首《满江红》在宋词史上熠熠生辉，但从本质上说，他是一个军人。南宋灭亡之前的回光返照，就是岳飞和他的岳家军苦撑而成的。在有宋一代积弱已久、君君臣臣全面不配合的情况下，岳飞和他的岳家军能挽狂澜，退外辱，简直是个奇迹。

《说岳传》在民间流布极广，岳母在岳飞背后刺字"尽忠报国"的故事人尽皆知。岳飞拜别母亲、家人后，投身到抗金前线。自建炎二年（1128）到绍兴十一年（1141），岳飞参与、指挥大小战斗数百次，一路收复建康、襄阳、商州、洛阳……势如破竹，以至金兀术的军队哀号："撼山易，撼岳家军难！"

岳飞自己也信心满满。他在《送紫岩张先生北伐》中说：

号令风霆迅，天声动地陬。长驱渡河洛，直捣向燕幽。

马蹀阏氏血，旗枭可汗头。归来报名主，恢复旧神州。

岳家军的神威，一方面是因为岳飞治军有方，另一方面是源于他无可比拟的人格魅力。这种魅力不仅仅因为岳飞自己，同样也因为他所有的家人。

做岳飞的家属很难，有很多旁人看不见的牺牲。比如：女人无不爱美，岳飞的夫人偶然穿了一次绸缎的衣服，就被丈夫批评："你怎么可以穿绸缎？国破尚如此！"夫人羞愧，旋即荆钗粗服，改回往常。

岳飞的五个儿子中，长子岳云跟随他南北征战，立下汗马功劳。岳云小时候练习骑马下坡，不小心摔倒，岳飞非但不安抚，反而严厉斥责："难道你在战场上也要如此吗？"竟下令斩首，因左右求情，才改为打一百军棍，皮开肉绽方罢休。高宗和岳飞关系尚佳时，岳云战功赫赫，高宗要将岳云连升三级，被岳飞谢绝，说小子为国效力是应该的，不能惯着他。

于妻儿如此，岳飞对自己的要求则更加严格：作为武将，他在战场上身先士卒，拼死御敌；作为统帅，他平时日练军队、夜读兵书，几乎没有个人享受。大义上人人景仰，私德上完美无缺，又有着无比强大的战斗力——这种天生光芒四射的人物就是让阴暗小人瑟瑟发抖。

绍兴十一年年底，经过一年的议和，宋金和议正式签署；腊月二十九日，岳飞被杀。

在这场阳谋里，主和派领袖秦桧与高宗结成了坚不可摧的同盟。

秦桧出身寒微。他的父亲中过进士，但很早就去世了，仕途仅止于知县。秦桧从小跟着母亲投靠舅父王本，孤儿寡母，寄人篱下，其凄惶困窘自不待言。童年的烙印对秦桧人格的影响也可以想见。周密的《齐东野语》中有这样的记载：秦桧少时曾因几千文钱觍颜告贷于富室，然"求益不可"。主人家里的馆客见他可怜，便把自己两匹绢的束脩拿出来资助他。正是由于这样的经历，秦桧虽没有富家子弟的骄矜浮躁，却颇具市井小民的机警狡黠和干练务实。

孤儿寡母的逆境，可以催生出磊落高洁的饱学君子和伟丈夫，如欧阳修，也可以异化为病态的敏感和睚眦必报的小肚鸡肠，以及对权力疯狂攫取的贪欲，如秦桧。

最大限度地保有自己的现实利益，这是当时朝廷君君臣臣心口不宣的一致目标。秦桧对议和的坚持即源于此。经秦桧主持达成的宋金和约中规定：议和成功之后，南宋方面"不得辄更易大臣"，也就是保证秦桧一直当宰相，不许替换。

独相，且保证自己终身为相，保证秦氏一门权倾朝野，这个筹码，当然值得秦桧不遗余力地向金人俯首。他也的确得到了：高宗时期，秦氏父子在同一时期一个当宰相，一个享受宰相的待遇，这样的荣恩在宋王朝历史上仅此一例，连蔡京父子也不曾有过。而且议和后直到绍兴二十五年（1155）秦桧病死，南宋不曾更换宰相，也不设次辅，这是两宋历史上从来没有过的。

而高宗，那个让岳家肝脑涂地、誓死效忠的皇帝，为什么也要赐死岳氏父子（岳飞和岳云）呢？武胜定国军节度使、充万寿官使岳飞，是在十月十三日因"谋反罪"入狱的，可是查了两个多月，案情一直没有多大进展。胡乱拼凑的那些证据，任何人一眼就能看出漏洞。即便这些证据属实，岳飞也顶多判两年流刑。

但高宗要的不是这个，他要岳飞的命。

宋王朝到了绍兴十一年时，主要矛盾已经不是宋、金两国的你死我活，而是朝廷内部皇权和武将的较量。晚唐五代的历史历历在目，随手翻开其中的任何一页都令人触目惊心。在那五十多个年头里，一代代王朝垮塌，一顶顶皇冠落地，不管是喋血丹墀的逼宫还是表面上温情脉脉的禅让，其背后无不闪现着武人的身影——那些强梁霸悍一手遮天的身影。因此宋王朝一直把守内虚外作为祖宗家法和基本国策，而对武将的猜忌与防范则是"守内"的重中之重。宋太宗晚年曾对近臣们说："外忧不过边事，皆可预防。惟奸邪无状，若为内患，深可惧也。帝王用心，常须谨此！"高宗饱读史书，自然铭记于心。

而且宋、金双方的战争，都止于江淮之间，从来过不了江的。朝廷能在临安安顿下来，虽说是偏安，却也算固若金汤。如果和金国达成和议，就算损失了一些银子和面子，却买了个太平，岂不是好事？因此岳飞主战，但皇帝想和。岳飞一气之下闹情绪，自说自话地跑到庐山去为母亲守孝，就有了"要君"之嫌。后来，岳飞还上书建议立高宗的养子赵瑗为皇储，犯了宫闱大忌。高宗于是把岳飞摆到了对手的位置。

而如果作为对手，岳飞就太可怕了。他不仅仅能打仗，而且威望极高，最要命的是，他还不爱钱、不好色。曾经有同僚听说岳飞始终一夫一妻，且军中别无姬妾歌女，特地送来一名漂亮的女子给岳飞，还置办了许多金银珠宝作为妆奁。但岳飞偏偏不领情，只与那位美女隔着屏风说了几句话，就派人把她又送回去了。

岳飞太干净了。这样的人太危险了！财帛美色他都不要，那他想要什么？！

因此绍兴十一年年底，宋金和议一签署，高宗就赐死了岳飞，还连带赐死了岳云——那个和父亲一样骁勇善战、纯良无匹的孩子。

每每读到这里，我都很庆幸，曾经给岳飞刺字的老夫人已经长眠于地下。

还有一个细节，一方面反映着人性的污浊与愚蠢，一方面反映着人性的无私与高洁。

上谓桧："闻飞军中有钱二千万缗，昨遣人问之，飞对，所有之数盖十之九，人言固不妄也。今遣琚往，纵不能尽，若得其半，亦不少矣。又岁计所入，供军之余，小约亦数百万缗。"

就是说：高宗早听说岳飞军中有钱，岳飞死后，派人去抄家，摆了相当大的阵仗，本指望大发一笔。然而抄家的结果却是——

"岳少保既死狱，籍其家，仅金玉犀带数条，及锁铠兜鍪南蛮铜弩镔刀弓箭鞍辔，布绢三千余匹，粟麦五千余斛，钱十余万，书数千卷而已。"

据宋廷档案，以上所有岳飞家产，包括房产土地，最后折价不过
九千缗。

虽然长于征战，但岳飞并不是心思粗豪的武夫。只是他的洞见与
忧思，无人可述。

> 昨夜寒蛩不住鸣。惊回千里梦，已三更。起来独自绕阶行。
> 人悄悄，帘外月胧明。
>
> 白首为功名。旧山松竹老，阻归程。欲将心事付瑶琴。知音
> 少，弦断有谁听？
>
> ——《小重山·昨夜寒蛩不住鸣》

他一生只做一件事："精忠报国"。他一生只奔赴一个目标：
"还我河山"。他是何等的纯粹！因此岳飞的诗作都与军旅生涯相
关，"马蹄催趁月明归"，回军营，打仗去。《满江红》这样的曲
子，才是他的英雄本色：

> 怒发冲冠，凭栏处、潇潇雨歇。抬望眼，仰天长啸，壮怀激

烈。三十功名尘与土，八千里路云和月。莫等闲、白了少年头，空悲切。

靖康耻，犹未雪。臣子恨，何时灭！驾长车，踏破贺兰山缺。壮志饥餐胡虏肉，笑谈渴饮匈奴血。待从头、收拾旧山河，朝天阙！

"怒发冲冠，凭栏处、潇潇雨歇。"

——愤怒使得头发将帽子都顶了起来，雨刚刚停下，到处湿漉漉的，像流泪的心。

是什么让一个将军愤怒若此？当然是国破失地，朝廷被逼到江南，百姓流离失所。

"抬望眼，仰天长啸，壮怀激烈。"

——我仰天发出长长的啸叫，北伐中原、恢复北宋时期版图的壮志，一刻都没有黯淡过。

"三十功名尘与土，八千里路云和月。"

——光芒与荣耀，红彤彤的日子，都费了很大气力才得来。这是典型的成功：去除了绽放的笑容与众人的追捧，就剩下隐隐作痛的真相。

"莫等闲、白了少年头，空悲切。"

——不要忘记，还没有光复中原，大业尚未完成，不要蹉跎了岁月，要继续前进，不要等到年纪老大，什么都做不了了，才后悔，才叹息！

"靖康耻，犹未雪。"

——徽宗和钦宗，他们被掠到苦寒的五国城（今属黑龙江），前朝主公所受的耻辱，还没有被昭雪。

靖康耻到底有多耻？曾前呼后拥的天子就剩下了"一家四口"：徽宗和郑太后、钦宗和朱皇后，每天总共只能领到四块豆饼。皇后上厕所都被一个小军官跟着，摸一把捎一把的事情更是屡屡发生，满足这些卑鄙的人扭曲的心态。

皇后不堪其辱，抵达的当天即自杀了——上吊被救，又毅然投水，结束了26岁的年轻生命。

"臣子恨，何时灭！"

——靖康耻有多耻，臣子恨就有多恨。靖康耻是臣子从未愈合的伤口。

"驾长车，踏破贺兰山缺。"

——一层丝一层茧，从愤怒走进昂扬。

"壮志饥餐胡虏肉，笑谈渴饮匈奴血。"

——这里用了一个典：东汉时，北匈奴侵犯，耿恭迎敌，几百人对几万人，数月过后，粮绝，仍坚守不退。此情此境，不可谓不惨烈；此君此精神，不可谓不神勇。

岳飞自警自勉，立定了不夺取胜利不罢休的决心。

"待从头、收拾旧山河，朝天阙！"

——等着吧，你们，我会一点一点，夺回本该属于我们的土地，将版图恢复原状，然后去向我的领袖叩拜、汇报：失地已收，请检阅！

岳飞就是《满江红》；《满江红》就是岳飞。

将军下笔如下刀，自带光华：干净利索，一气呵成——所谓好诗，无非把一首诗里多余、虚弱、无指向的东西剔去，让诗意自然呈现。

一年又一年过去，往事被时光打上马赛克，记忆蒙尘淡化了陈年的伤。

宋金和议签署之后，朝廷恢复了歌舞升平，但百姓陷入了更深的苦难。靖康之难时，汴京的白银，挨家挨户搜遍了才四百万两。更要命的是，在度量衡上，那些岁币要完全按照金人的要求来。也就是说，他们说多少就是多少。

所以，亡国奴的日子并不好过。很多人死去，活着的也不见得有多好。

南宋在绍兴和议后，财政支出庞大依旧：军费不能省，宫殿继续修——面积小了，可精装修啊。同时，文官工资也增加了，不用像以前那样减半了。当然，还有腐败。

负担自然转嫁到百姓身上了。以至于当时的情况是"民力重困，饿死者众，皆桧之为也。"

怎么搜刮民脂民膏，南宋动足了脑筋——实行两税法，一年交两遍，还有附加税，且常超过两税正税部分。除了两税法，还有土户钱、折绢钱、醋息钱、曲引钱……打官司打不赢要交罚钱，打赢了要交欢喜钱。总之，交钱！

更离奇的，甚至弄出个粪税——这粪可是政府财产，你进城担粪不能让你白担，交税吧！

《绍兴和议》真的让金人满足了吗？并没有！金人一边享受着和议的好处，一边等着宋人更怂。和议不到二十年，完颜亮就继续南侵了。

和平是买不来的。

陆

那年在曲院风荷附近，曾见一对父女。女儿说："先去看荷花吧。"父亲微笑，语气温柔而不失坚决："不，我们先去岳庙。"来杭州，拜岳庙的急切和郑重，像在还一个童年的愿。

岳飞像前，跪着秦桧和他的妻子王氏。自秦桧始，姓秦的人以之为耻，而天下人不再取名为桧。

词人
小传

岳飞（1103—1142），南宋初抗金名将。字鹏举，相州汤阴（今属河南）人。

岳飞出身农家，自幼习武，喜欢钻研兵法，博览群书。

二十岁投军，因父丧，退伍回乡；二十二岁再次投军，不久被擢为偏校；1128年金军南侵时，被东京留守宗泽视为将才，得授五百骑，大败金而还，升为统制；后以功屡升，授刺史，成为中级武官；三十二岁时以功建节，升为清远军节度使，后又升领镇宁军、崇信军两镇节度使，声望地位与韩世忠、刘光世、张俊等老将比肩，成为军中最年轻的统帅。他率领岳家军同金军进行了大小数百次战斗，所向披靡。金军毁盟攻宋，岳飞挥师北伐，先后收复郑州、洛阳等地，又于郾城、颖昌大败金军，进军朱仙镇。

但宋高宗和秦桧一意求和，以十二道金牌下令退兵。岳飞被迫班师，随后遭秦桧、张俊等人诬陷，被捕入狱，终究以"莫须有"的罪名与长子岳云和部将张宪同被杀害，时年三十九岁。

后被追谥武穆，又追谥忠武，封鄂王。

岳飞善文，词作《满江红》千古传诵，擅书法，以行、草为主，畅快淋漓，龙腾虎跃，气韵生动而章法严谨，自有一种淳正之气，颇含文臣气质。传世书迹有《书谢朓诗》《前后出师表》《吊古战场文》。

岳飞代表作

宝刀歌书赠吴将军南行

　　我有一宝刀，深藏未出韬。今朝持赠南征使，紫蜺万丈干青霄。指海海腾沸，指山山动摇。蛟鳄潜形百怪伏，虎豹战服万鬼号。时作龙吟似怀恨，未得尽剿诸天骄。蠢尔蛮蜑弄竿梃，倏聚忽散如群猱。使君拜命仗此往，红炉炽炭燎氄毛。奏凯归来报天子，云台麟阁高嶕峣。噫嘻！平蛮易，自治劳，卒犯市肆，马�禾苗。将耽骄侈，士狃贪饕。虚张囚馘，妄邀金貂。使君一一试此刀，能令四海烽尘消，万姓鼓舞歌唐尧。

译释

　　我有一口宝刀，一直深藏，不曾出鞘示人。今天我把它送给即将南征的您（吴将军）。此刀寒芒直逼云霄，有翻江倒海、摇山动地之能，可令蛟鳄潜形、虎豹战服。因为没有尽剿北方外族而意有不平，时发龙吟之声。

　　现在，南方边夷也开始持刀弄枪对抗朝廷，但他们都是忽聚忽散的乌合之众。你代表朝廷天威前去征讨，对付他们就像用炉火烧焦细毛那样简单。可以肯定，当你凯旋而归面见天子时，一定宠荣非常。

然而征讨容易，保持稳定却难，想从根本上免于征战，就得让老百姓安居乐业，关键在于地方官员的治理。如果遇上在市肆上横行霸道、骑马踩踏庄稼的士兵，骄奢淫逸贪赃枉法的文臣武将，以及杀良冒功的将领，就请使君——试此刀，以儆效尤。只有这样，才能息四海烽烟，保百姓太平，长治久安。

名家点评

朱熹：（岳侯做事）张（俊）、韩（世忠）所不及，却是他识道理了。（岳侯以上）当时次第无人。

朱元璋：纯正不曲，书如其人。

徐有贞：忠义勇智，皆得之天，非矫伪而为者，故能始终以恢复为己任。才与志副，名与实称，南渡以来，一人而已。

之十一

李清照

这柔软的身躯，如何承载绝世的刚烈与才华

醉花阴·薄雾浓云愁永昼

宋·李清照

薄雾浓云愁永昼，
瑞脑销金兽。
佳节又重阳，
玉枕纱厨，
半夜凉初透。

东篱把酒黄昏后，
有暗香盈袖。
莫道不销魂，
帘卷西风，
人比黄花瘦。

每每翻开《漱玉词》，就像进入一个满树桃花开败后，让人泫然泪下的花园。

还记得盛放之时的明媚鲜艳吗，那段自号"易安居士"之前的时光？

那时的李清照，是真正意义上的大家闺秀，父亲李格非是徽宗时礼部员外郎，因此家境和修养都是极好的。随着一天天长大，在亭亭玉立的风姿之外，更多了一层雅致的书卷气。她以王献之的字帖学书，写得一手秀丽的小楷，铁画银钩；她酷爱前朝李思训和王维的画作，也常常研朱挥毫，作几幅翎毛花卉；她通音律，儿时就已学会抚琴……如你所知，古代的诗人，同时都是书画家、音乐家，他们的生活本身就是艺术。

那时的李清照，笔下无论哪种艺术形式，都是鲜妍灵动的露珠，在宽大的荷叶上滴溜溜来回闪烁。如这一首《渔家傲》：

雪里已知春信至，寒梅点缀琼枝腻，香脸半开娇旖旎，当庭际，玉人浴出新妆洗。

造化可能偏有意，故教明月玲珑地。共赏金尊沉绿蚁，莫辞醉，此花不与群花比。

如此皎洁清澈，玲珑剔透，也透着未经世事卓然不群的骄傲。

当然还有《点绛唇》，懵懂也萌动的年龄，以及调皮的样子：

蹴罢秋千，起来慵整纤纤手。露浓花瘦，薄汗轻衣透。

见客入来，袜划金钗溜。和羞走，倚门回首，却把青梅嗅。

一个贪玩的小丫头，乌发香腮，青春如玉，情窦初开，玩得兴起，汗水湿透了衣服，因为要避开客人，慌张又羞涩，跑得鞋子簪子也掉了，却又好奇来访的人是谁，走到门边，假装嗅青梅，眼睛却滴溜溜地瞄向来客——

更有流布很广的《如梦令》，多么活泼无赖：

常记溪亭日暮，沉醉不知归路。

兴尽晚回舟，误入藕花深处。

争渡，争渡，惊起一滩鸥鹭。

"如梦令"没有上下阕。一首词只有一段的叫单调。有三段或四段的叫三叠、四叠。有两段的叫双调，分上、下阕。单片的短歌，正适合愉快的欢笑。

那段时间，天地清泰，宁静温和，而李清照就好像是被指定写词，才来到这个世界的。

接下来的时光，也美好如童话——建中靖国元年（1101），李清照十八岁，顺风顺水地成了吏部侍郎赵挺之的儿媳、二十一岁的太学生赵明诚的妻子。才子佳人百年好合，她和赵明诚过着理所当然的幸福日子：在悠闲的午后，阳光散淡地照进屋里，夫妻俩指着堆积如山的图书，猜某个典故、某句诗在某书的某一页，谁猜中了就能喝一盅新煮好的下午茶。这赌注看上去不吸引人，但他们玩得兴高采烈，像两个小朋友，以至于连茶碗都打翻了，谁也喝不成。而赢家总是她。

夫妻俩还比赛写词，为了赢，更为了在娇妻面前展现才华，赵明诚闭门谢客，三天三夜绞尽脑汁，写了五十首《醉花阴》，将她同题的一首掺进去拿给朋友评判，结果朋友说只有三句写得绝妙："莫道不销魂，帘卷西风，人比黄花瘦。"那是她的句子。赢家还是她。

就是这么神。她好像随便说说，平白如话，就夺走了人心。其实不是那么回事——说是平白如话，其实中间是加了一点又减了一点什么的，但她叫你觉不出到底加了点什么还是减了点什么，那是极为玄妙的东西，看不见。因为有她比照着，就更厌了装纯稚、装朴素的假文人。纯稚和朴素不是直接从日常里拿来就用的。它们比日常拿来更本质、更纯粹。

就这样，他处处被好胜的娇妻压过头去，却并不在意——毕竟不过闺房之戏，外面的天地才是男人的。他们食去重肉，衣去重彩，买了许多两人都爱的碑帖金石，共同把玩，雅趣非凡。他爱她聪明又风情，才华好得似乎风吹吹就来了，也喜欢被她拉去郊外踏青，乐意被她缠着打双陆（古代的一种博具）、下象棋，然后，笑着输给她。

这样的日子里，她写下每个字都笑吟吟的《减字木兰花》，又甜又香又明亮：

卖花担上，买得一枝春欲放。泪染轻匀，犹带彤霞晓露痕。

怕郎猜道，奴面不如花面好。云鬓斜簪，徒要教郎比并看。

但是春日在一天天溜走。朝廷风向开始变了。

娘家和夫家都在朝堂，党争日益激烈，宋徽宗大观元年（1107年）正月，蔡京复相，三月，赵挺之被罢，病卒。卒后三日，赵家被蔡京诬陷，家属、亲戚在京者被捕入狱，因无事实，不久即获释，但赵挺之赠官却被追夺，赵明诚的荫封之官亦因此而丢失，赵家亦难以继续留居京师。二十四岁的李清照也跟随丈夫从京城汴梁回到了赵明诚的家乡青州，开始了屏居乡里的生活。到那里的第二年，李清照名其书室曰"归来堂"，自号"易安居士"。

相对京城，青州算是乡下了，但那里青山绿水，十分安静，李清照和赵明诚也十分喜爱这种不受外界打扰的状态，一心整理古籍书画，校对正误，汇集成册。夫妇依旧吟诗弄词，心心相印，如同生活在梦境里。

青州是古齐国的腹心地区，丰碑巨碣，所在多有，三代古器，时有出土。赵明诚夫妇在当地收集到《东魏张烈碑》《北齐临淮王像碑》、唐李邕撰书《大云寺禅院碑》等一大批石刻资料，益都出土的有铭古戟，昌乐丹水岸出土的古觚、古爵，陆续成为他们的宝藏。青州十年，他们竟积累了十间屋子的"宝贝珍奇"。

她这么满足，说："甘心老是乡矣。"他那么爱她，说："清丽其词，端庄其品，归去来兮，甚堪偕隐。"他们日常一举手一投足，就成了中国文学史上最美好的一对夫妻。

但也并不总是并肩携手出双入对，也多有别离。但是有书信传情达意呀，还有心里共有的秘密花园。在李清照的襄助下，赵明诚大体上完成了《金石录》的写作。除自作序言外，还特请当时著名学者刘跂题写了一篇《后序》。史称，赵明诚撰《金石录》，李清照"亦笔削其间"。

在《〈金石录〉后序》中，李清照对这段日子作了记述：

> 后屏居乡里十年，仰取俯拾，衣食有余。连守两郡，竭其俸入，以事铅椠。每获一书，即同共勘校，整集签题。得书、画、

彝、鼎，亦摩玩舒卷，指摘疵病，夜尽一烛为率。故能纸札精致，字画完整，冠诸收书家。

这样一份志同道合的爱，简直是乱世里的一个神话。

乱世的前兆已经开始显露，金人即将入侵，战乱渐起，丑与美，闹与静，凄凉与安好，终究是绿肥红瘦。然而心爱的人在，一切烦恼就都可以担当，连相思也是苦涩酿着的甜蜜——因为总会归为重逢，加倍的甜蜜。

赵明诚收到友人的书信，约着到泰山访古，李清照无法随他一起去，就忙着为爱人打点行囊，备下菜食，为他饯行。后来，她在一幅锦帕上写下了赠给爱人的一阕《一剪梅》：

红藕香残玉簟秋。轻解罗裳，独上兰舟。云中谁寄锦书来？雁字回时，月满西楼。

花自飘零水自流。一种相思，两处闲愁。此情无计可消除，才下眉头，却上心头。

想来在她和他满贮诗稿的居室里，也满萦着她的叹息，原来这样无计可消除的，又怎只是花自飘零水自流？最是惹起情丝的，是微凉里的等待。想他眉斜入鬓，想他浅笑温柔，想他的好，想他的坏……一种愁，她有，他也有，静默间，都化作守持的秘密。

她写给他的信里，那些有一搭没一搭的话——也许是有一搭没一搭的词——在夜里一句一句零落。风吹动树梢沙沙作响，窗外光影漫漫，而此刻，她只想将所有美好的词语，都说与他听。

她写信，自然更盼望他的信。不是口信之类，而是笔墨书简。文字有独属于自己的魅力：它们眉目清楚，从容安详，像清朗的月光。在一笔一画手写的信里，他会怜惜地唤她的小名，有重笔轻笔，有二度描摹和划去的一团浓墨，有一些欲言又止、将说未说的奥妙，另外搭上一些邮寄的趣味和未知远人行程的苦乐，以及那些细碎的美好，一切的一切，都值得珍惜。

《一剪梅》整阕词有一种薄如蝉翼的美，情愈切而言愈微，苦香淡白，同她爱用的"九、忆、飞、也"等字一样，不食人间烟火，安静，温雅，是青衣的白水袖，唱到低回处，一寸一寸褪下来，垂垂而落……让人在这些细软成簇的笔画里可以逗留很久。

就这样，生活像清澈的溪流，唱着歌一路奔跑。那些怡情的小赌、小闹、小别离，就是一朵朵溅起在水面的愉快小浪花。因为李清照与赵明诚，宋词史完成了一场温柔的爱情。

翻开《东京梦华录》，可以清楚地看到"靖康之变"前的汴梁：

举目则青楼画阁，绣户珠帘。雕车竞驻于天街，宝马争驰于御路。金翠耀目，罗绮飘香。新声巧笑于柳陌花衢，按管调弦于茶坊酒肆。八荒争凑，万国咸通。集四海之珍奇，皆归市易；会寰区之异味，悉在庖厨。花光满路，何限春游；箫鼓喧空，几家夜宴。伎巧则惊人耳目，侈奢则长人精神。

书里所绘图景，也大致形似于宋词活泼鲜美、婉约多情的那个时期——每一个时期的文学特征都是与它们所处的历史特征不相违背的。

青春同人的幸福一样，都是书里的插页，生活的大书却总以苦难作为正文。那些愉快的小浪花还没来得及翻卷够，国家不幸的大潮就来了。靖康二年（1127），李清照四十四岁。金人大举南侵，俘宋徽宗、宋钦宗父子北去，史称"靖康之变"。异族的入侵踏破了千里家国梦。

李清照跟随赵明诚带着几车（有说十五车）笨重的金石彝器书画卷牒开始流亡。这简直是天方夜谭，然而他们居然做到了——还不是全凭着热爱？它们就像他们的孩子，生死相依。建炎二年（1128）春，这批稀世珍宝被运到江宁府（今属江苏南京）。

然而，命运的变化太快、太残酷，来不及准备，也无法预料。李清照没有料到，更大的苦难来了——

建炎三年（1129）独自去湖州赴任途中，赵明诚竟然一病不起，于建康（南京）猝然离世。她仓皇赶去，为丈夫营葬。悲痛加上奔波，她终于支持不住，猝然病倒。她的爱情与希望跟着爱人死去，人一下子就老了。她把哀怨失神的目光投射在床头一卷卷书册上，一个意念越来越坚定：为爱人整理他所撰写的为金石彝器考证的文章。这些金石彝器承载着他们夫妇二十九年来共同的记忆。

之后的几年里，李清照带着他积累多年的书画、彝器和万余金石拓片一路随宋室南迁，流徙各地，先后到了越州、台州、温州、衢州，李清照希望把宝贵的研究成果寄于朝廷的保护之下。然而南宋皇室甚至连"家天下"的勇气也没有，他们满足于偏安一隅向金朝纳贡称臣。

看明白这一切之后，李清照只能一声长叹。雪上加霜的是，绍兴元年（1131）那些她以性命相护的书画金石竟在一夜之间遭了贼手……至此，她终于沦至一无所有。

对于视这些书画金石如性命的李清照，这样的不幸是彻底的万劫不复。

肆

很多人会将李清照归为南宋词人。因为她最好、最有感染力的作品，大都在南渡之后。

窗前谁种芭蕉树，阴满中庭。阴满中庭，叶叶心心、舒卷有余情。

伤心枕上三更雨，点滴霖霪。点滴霖霪，愁损北人、不惯起来听！

——《添字丑奴儿·窗前谁种芭蕉树》

这首《添字丑奴儿·窗前谁种芭蕉树》，李清照写于逃难途中，完全是一个实景描写：

南方似乎一辈子都在下着雨，淅淅沥沥，拖泥带水，不懂得停息，芭蕉叶舒展开的，打着卷儿的，挤在一起遮天蔽日，塞满中庭。

芭蕉这植物从形状上就特别适合抒情：长大过程中，芭蕉的新叶是卷着的，即"心"。长大的叶子很舒展很大。两者形成反差，好像心绪起伏，回忆不定，一阵子酸楚一阵子微甜。嫩了老了，又恍如人生。

夜半清寒，雨落在蕉叶上，啪嗒作响，是江南的寻常景色。而我们的诗人，这个逃离故土、被哀愁笼罩着的北方人，从第一声，即惊坐起——多么不习惯听到那么响的雨打芭蕉声。

在陌生的房间里蜷缩着，潮湿阴冷，四处都是从墙壁缝隙和夹层里袭过来的风。被不知道的什么动静惊醒，噩梦中断，未及松口气，庆幸非真，却发现身在另一个噩梦中，真实，冰冷。心又猛地缩紧。

她懵懂坐起，大汗淋漓，恍然不知身在何方，自己又为何人？

慢慢忆起流离，以及流离中的种种艰辛。世界仿佛沉没下去了，只有一个人的恐惧、凄楚像一只鱼眼，尖锐孤单，浮出冰面，随后像大水一样的虚空立刻涌入心内，突然就几乎要失声痛哭，就像面对死亡前的一秒钟。压低音哀哀几声，哭完了，重归阒寂，不能睡，也不能做什么，只有失神地望向窗外无边的黑暗……人生遁入极夜，有了貌似死亡的错觉，恐惧难挨，所倚只有孤枕。

她用管弦急促，石破天惊，用"愁损"冠加"北人"，用"不惯起来听"这个动作来画整幅图景，更是将汉语的美发挥到了极致——仿佛一阵风吹过，一座山便倒下了。有的选本"北人"为"此人"，怎么可能？！何其俗气！略念及"此"，即顿失华彩。

雨声似寸寸寒刀，划开巨大的伤口，荒凉从伤口穿过，形成阔大的虚空。许多往事在塌陷，她看到自己缓缓坠下去，却跳不出这口深井。

多么伤感！

在公元21世纪一间温暖安逸的房子里，我们静静地读12世纪的她，想象着一个人在雨夜可能有的心情，想象着一个诗书满腹、明慧细腻的北方女子，在异地没完没了的秋夜里的心情，想着她遭遇的凶险，种种羞辱与无助，前路莫测，到处都是破败绝望的气息——山河破碎，父母俱亡，自己新寡，膝下荒凉，文物被盗，年华老去，除了伤感，她早已一无所有……

跟随她的文字，我们被她的伤感摧毁了，在血液深处，在时间的微粒里，在漫长的瞬间。还有什么能比一首绝好的诗歌更能完善人和摧毁人？文字真是有情之物啊，这样的文字，哪怕只一句，也能让我们明白艺术的不可替代性。

汉字美丽的特质就在这里，比如，我们读到"城堡"这两个字，马上会在脑海中浮现村庄、森林、塔楼、河流……阅读是写作者和阅读者一起完成的创作，值得彼此都心存感激。

又是一年过去了。四季依旧在，只是已在她之外。海棠又开了，桃花又开了，香樟树打着青翠的伞。风轻吹，粉红的海棠、桃花飘来，香气浸透了绣鞋，阳光渗进清晨的空气里，林中画眉轻啼，春笋听着鸟儿的歌声节节攀高。可是心里，春日不再。

绍兴二年（1132），李清照四十九岁。花无人戴，眉无人画，酒无人劝，醉无人怜……陡然生出白发。关山明月，谁是眼前人？

仓皇中的再嫁和离异，都是白发猛烈生出的根芽。那是她真正衰老的开始。她恨自己糊涂，羞愧着，自我折磨个够。一个女人，柔弱无依，又得了重病，还是个诗人，有着比常人强烈十倍的对痛苦的感知和对美好的渴望，你要她怎样呢？她最后离开的决绝，也证明了她的觉悟。她咬牙大力按下删除键，不惜顶了牢狱之灾，也要将那个猥琐的名字从脑海里抹去。

她做到了。她回到了自己的思念里。

再过一天就是上元佳节了，隔壁邻家的院子里传来阵阵的笛声，夹杂着江南水乡的莲歌渔唱。她掀帘走进屋内，条几上的古瓶里，斜插着几枝梅花，泥炉一点红，而她的眉间事，终会在泥炉中的那枝绿香里随青烟穿云而来。邻家的笛声停了，传来几个少女的说笑，她来到窗前向那边望去，只见几个十六七岁的少女插着满头珠饰，戴着铺翠小冠，红妆艳裹，立在残雪的院子里，准备去看晚间一盏一盏亮起来的花灯。

三十多年前，中州盛日，汴京街头，在她们这样的年龄，她也曾换了男装，和他一道去观灯夜游，而赌书泼酒的汴京还在那里，一寸都没有挪动，他却独自离去了……她想得呆了。许久，才转过身来，默默地从书架上取了他残存的几页手稿，轻轻抚摸，似乎上面还有他手的余温。城中远处，隐隐传来鞭炮的噼啪声和孩子的欢笑声，夜已深，她终于吐口酿成《永遇乐》，这阕词像惊慌的小鹿的眼睛——

> 落日熔金，暮云合璧，人在何处。染柳烟浓，吹梅笛怨，春意知几许。元宵佳节，融和天气，次第岂无风雨。来相召，香车宝马，谢他酒朋诗侣。
>
> 中州盛日，闺门多暇，记得偏重三五。铺翠冠儿，捻金雪柳，簇带争济楚。如今憔悴，风鬟霜鬓，怕见夜间出去。不如向帘儿底下，听人笑语。

世界对她来说，无论昏晓，无论喧哗、萧条，总是从一首词开始的，也是从一首词结束的。诗词不但简好，繁也是一大好处。易安一入词阵，便繁简自如，如入无人之境。在这一首词里，她让我们见识到，繁有多么美。

没有战乱就算盛世了，何况是苏杭的上元节，多美啊——"落日熔金，暮云合璧"。

——西天边，太阳就要下山，像熔开的金块，一点点消失，而周围霞光正烈，慢慢合拢，似玉缤纷……景色真是瑰丽极了！它们的光辉如此灿烂，仿佛那一片天空是一抬头就能看到的天堂，以及再也回不去的过往。

可是，人在何处？这真是情怀惨淡的一问。

下面再写两景：

"染柳烟浓，吹梅笛怨，春意知几许。"

——初春柳叶才刚出芽，因天气较暖，傍晚雾气低沉，柳叶似笼罩在烟中，透出温和的春意。

此时梅花已开残了，听见外面有人吹起笛子，笛声凄怨。

心里浮起的第二问是："这时节，到底有多少春意？"可是不管有多少春意，都和自己无关了。

下面似是一邀一拒的对话：

"元宵佳节，融和天气，次第岂无风雨。"

——似应是她的朋友劝解："多好的节日，多好的天气，还是到外面走走吧。"也许那时诗人幽闭很久，朋友们看不下去了。

诗人则以问代答："唉（还是不出去了吧），谁说得定会不会忽然来一场风雨？"

凡事疑虑，是受过苦难折磨和不幸刺激的人所特有的精神底色。遭受了太多的不测风云，以致融和天气里，诗人也免不了多疑多惧。

"来相召、香车宝马，谢他酒朋诗侣。"

——朋友们来招呼我，我还是谢绝了这番好意。

诗人晚年虽贫病无着，诗名还是有的。"酒朋诗侣"，可见其并不粗俗；"香车宝马"，又知必是富贵。谢绝的原因，由三层铺叙道出：傍晚晴好，望远生悲；佳节热闹，心绪冷漠；天气和暖，但疑风雨。总之，一切堪忧。

"中州盛日，闺门多暇，记得偏重三五。"

——当年汴京繁盛的那些日子，闺中女伴多的是闲暇游戏的时间，特别喜欢正月十五的月圆之夜。

诗人在汴京过了多年的上元节，印象抹不掉。如今老在临安，却还记得。

"铺翠冠儿，捻金雪柳，簇带争济楚。"

——头上身上，戴满插满饰品，女伴们相约着，夜色绸缪时分，出门游玩，衣香鬓影，街上热闹极了。

风吹着未来也吹着过去，声音，光亮，诸色迷离……那情景如在眼前，清楚如斯，真像望见了自己的前生啊，那么远，又这么近。

"如今憔悴，风鬟霜鬓，怕见夜间出去。"

——如今这憔悴的样子，头发白了还被风吹乱，很怕夜间出去。

丝丝缕缕，都是流年。

"不如向、帘儿底下，听人笑语。"

——不如在帘内，听听人家的欢声笑语罢了。

结束得平淡。是将情感克制着说的："老了，丑了，这么不像样子了，出去被人耻笑，没意思。"是一层意思。

"病病歪歪的，腿脚不好，懒得动弹了。"是第二层意思。

"我一个老婆子，出去会备感孤单。"是第三层意思。

"大场面不知见过多少，如今怎么比得上以前啊。"是第四层意思。

"北人南居，去家千里，一只落了单的飞鸿，有什么心情玩乐呢？"又是一层意思……

也许还有其他的意思。一个"意思"连着另一个"意思"，像一个不动如山的长镜头，照着似乎没有尽头的黑隧道和黑隧道里觥筹交错的恍惚幻影，需要我们慢慢品味。

无论春花秋月还是雨狂风暴，无论锦帽貂裘还是破衣敝衫，时光都只是水一样流走。

在《〈金石录〉后序》中，李清照最后写道：

呜呼！余自少陆机作赋之二年，至过蘧瑗知非之两岁，三十四年之间，忧患得失，何其多也！然有有必有无，有聚必有散，乃理之常。人亡弓，人得之，又胡足道！

雁字去时，月不再洒满西楼，而雨天继续，似再没个终了……不同于北地，这里处处阴冷。她靠在椅上眯着有点昏花的眼，独自等水开的时候，似乎听到遥远的地方有更加寥落的雨天，雨水顺着屋顶滴下来，滴滴答答，很多树上压着沉甸甸的水珠。后来，夜色慢慢爬进来，悄无声息。

绿肥红瘦的海棠、立在夕阳里的蜻蜓、游动的鱼、有倒影的水注、停在檐角的小鸟、渐渐变暗的黄昏、光灿灿的棹上波……梦结束了。而她开始肆无忌惮地放牧这些梦境。骑马的人马蹄哒哒，近了又走远，她却头也不抬——不再期盼，因为再也不会有锦书到来……
她恍惚提笔，写下光照千古的《武陵春》。

风住尘香花已尽，日晚倦梳头。物是人非事事休，欲语泪先流。
闻说双溪春尚好，也拟泛轻舟。只恐双溪舴艋舟，载不动许多愁。

繁华落尽，梦醒了。自此，她一寸不剩地失去了她的乐园，他们的乐园。

词人小传

李清照（1084—约1155），宋代女词人，婉约派的代表。齐州（今属山东）人，号易安居士。其词作具鲜明独特的艺术风格，后世称为"易安体"。与辛弃疾（幼安）并称"济南二安"。

出生于书香世家，其父李格非是苏轼的学生，官至礼部员外郎，擅长诗文；母亲则是状元王拱宸的孙女，极富文学修养。家里藏书甚多，所以自幼博览群书，兼天资聪慧，故少有才名，一首《如梦令·昨夜雨疏风骤》传遍京师，也让她在词坛崭露头角。

十八岁时与丈夫赵明诚成婚，两人琴瑟和鸣。但李、赵均为世家，不可避免地被卷入朝廷党争。李家先沦落，被遣离京；后不久赵家被权相蔡京诬陷，也无法在京师立足，于是举家迁回青州私第。李清照时年二十四岁，随夫家屏居乡里，以"归来堂"名其书房，评品诗文，搜求金石古籍，助赵明诚撰写《金石录》，李清照"亦笔削其间"。

四十二岁时随赵明诚居淄州任上。四十四岁时逢"靖康之变"，金人俘获宋徽宗、宋钦宗父子北去，北宋朝廷崩溃，后来，金人攻陷青州，青州故居所藏书册尽被焚毁。李清照押运十五车书籍、器物南下逃难，第二年春押抵江宁府，苦苦守护。不幸的是，一年之后，赵明诚由于感疾，卒于建康。

葬毕赵明诚，李清照大病一场。但国势日危，她只能带着赵明诚所遗留文物书籍追随帝踪，希图投交朝廷。一路颠沛流离，文物散失大半。流落至绍兴时，书画又被盗，所余无几。

境遇寒苦、孤独无依中，四十九岁的李清照嫁给监诸军审计司官吏张汝舟。可惜此子非良人，觊觎李清照所收藏的文物，未遂，便拳脚相加。李清照不堪其辱，以自领牢狱之灾为代价与张离婚，幸得翰林学士綦崇礼等亲友营救，关押九日后获释。之后，李清照避乱金华，完成了《〈金石录〉后序》的写作，又经过数年的校勘整理，将赵明诚遗作《金石录》表进于朝。

之后，李清照怀着对故土难归的失望，在孤苦凄凉中悄然辞世。

李清照擅书、画，通晓金石，尤精文学创作，词作笔力横放、铺叙浑成，在宋词坛独树一帜，对辛弃疾等后世词人有深远影响。宋人著录有《易安集》《漱玉集》，久已不传存世。今人所辑其词约四十五首，另存疑十余首。

李清照代表作

声声慢

寻寻觅觅，冷冷清清，凄凄惨惨戚戚。乍暖还寒时候，最难将息。三杯两盏淡酒，怎敌他、晚来风急！雁过也，正伤心，却是旧时相识。

满地黄花堆积，憔悴损，如今有谁堪摘？守着窗儿，独自怎生得黑。梧桐更兼细雨，到黄昏、点点滴滴。这次第，怎一个愁字了得！

译释

任人如何苦苦地寻觅，最终只落得个冷冷清清，凄惨悲戚。乍暖还寒的秋季，最让人难挨。凭着三杯两杯淡酒，怎么能抵抗晨风暮雨的寒意？看着大雁从天空飞过，一如旧年，更让人平添愁绪。

园中落英满地，菊花已憔悴不堪，如今有谁相赏相惜？孤零零独自一人守在冷清清的窗下，只觉得度日如年，盼不到天黑。终于挨到黄昏光景，偏偏细雨在梧叶上点点滴滴，引人思绪。似这般无望境地，一个"愁"字如何概括得了！

名家点评

王灼：易安居士，京东路提刑李格非之女，建康守赵明诚德甫之妻。自少年便有诗名，才力华赡，逼近前辈。在士大夫中已不多得。若本朝妇人，当推词采第一。赵死，再嫁某氏，讼而离之。晚节流荡无归。作长短句，能曲折尽人意，轻巧尖新，姿态百出。闾巷荒淫之语，肆意落笔。自古缙绅之家能文妇女，未见如此无顾忌也。

杨慎：宋人中填词，李易安亦称冠绝。使在衣冠，当与秦七、黄九争雄，不独雄于闺阁也。其词名《漱玉集》，寻之未得。《声声慢》一词，最为婉妙。……山谷所谓"以故为新，以俗为雅"者，易安先得之矣。

沈谦：男中李后主，女中李易安，极是当行本色。

朱淑真

之十二

苟全的人生，我偏要高调地过

月华清·梨花

宋·朱淑真

雪压庭春，香浮花月，揽衣还怯单薄。
欹枕裴回，又听一声干鹊。
粉泪共、宿雨阑干，清梦与、寒云寂寞。
除却，是江梅曾许，诗人吟作。

长恨晓风漂泊，且莫遣香肌，瘦减如削。
深杏夭桃，端的为谁零落。
况天气、妆点清明，对美景、不妨行乐。
拌著，向花时取，一杯独酌。

较之李清照，朱淑真的命运更为坎坷，几乎没怎么像样地活过。一辈子，又短暂又倒霉。短暂是因为倒霉，倒霉是因为糊涂。

糊涂的不是朱淑真，是她父母。才刚刚成年，父母就做主将她嫁给了一个小吏为妻。这小吏经常对她实施家暴，甚至带妓女回家，当着她的面与妓女调情……

不知道朱淑真的父母怎么想的：也是从小娇生惯养，饱读诗书的女孩儿，如果嫁个读书人，怎至于到这般田地？

这与她的爱情理想多么相悖啊。事到如今，无从考据他们爱恨几何了，只知道，这个小吏不懂朱淑真，她不快乐；只知道，她愤愤地将自己和他的结合，比作鸳鸯与鸥鹭的同池："鸥鹭鸳鸯作一池，须知羽翼不相宜！"

恶性循环到一个点上，就集中爆发了，她提出离婚。那家伙没有"大归"休妻，而选择了貌似缓和的"休婚（分居）"，只是逐回娘家，离家不离婚。看起来差不多是一回事，然而更加苛毒——女人受拘，连改嫁都不能。对男人有什么约束？那时也是一夫一妻制，可多妾啊，一夫一妻多妾制。他更自由了。

娘家不再是家，父母老脑筋，每日里唉声叹气，邻居也指指点点。由于担个才女的名头，整个钱塘城内都沸沸扬扬议论这件事，叫人崩溃。她偶尔上街，人们便聚拢来，又躲瘟疫一样避开，各种打量后随之散去，像流水冲过一小块礁石，只留尴尬在那里的她。那时，她还年轻，脾气急躁且软弱，担不起。

不幸可以扼杀她的青春，却无法降伏她的灵魂——她偏要做梦，偏要。

春节回娘家，朱淑真偶然得到初恋情人的消息：他伤痛分手后，即外出谋生，至今孤身一人，无心婚娶。正好他也回钱塘探亲，知道了她的近况。本来相爱的两个人再次走到一起。春节到十五，他们一直秘密相会，度过节日般快乐的时光，执拗而热烈。

《元夜三首》（其三）中，她这样写：

火烛银花触目红，揭天鼓吹闹春风。

新欢入手愁忙里，旧事惊心忆梦中。

但愿暂成人缱绻，不妨常任月朦胧。

赏灯那得工夫醉，未必明年此会同。

元宵灯火多又亮，锣鼓喧天真火爆。我与爱人来相会，哀愁里添新欢乐。我心中又惊又喜，又手足无措。想起过去伤心事，噩梦一般真吓人。只望月色别太亮，好让缠绵多几分。哪有工夫赏花灯？明年未必再相逢。

字里行间我们可以清楚地看到事件的脉络：以前相爱过，分手，又重聚，更相爱了。

在那个时代，婚姻等于女人的第二次出生，影响实在深重。自结下怨偶，被推搡着、嫌怨着，行尸走肉般活着，人就已经失掉了大半条命，何况后来的"休婚"？对于宋代女子尤其是敏感自尊的女诗人来说，就等于已被埋葬。

与那么粗鄙的小吏相比，和旧情人重温旧梦就尤其令人珍惜。别说朱淑真不道德，因为你没有经历过她的苦楚。而且，正如她担心的那样，之后，他们并没有第二个元夕可以相见。

朱淑真传世作品中，以一首《断肠迷》最广为人知。这首《断肠迷》以文字的钻头探向人心的内核，如同经久不息的痛，到日深，到月久，没个终了：

下楼来，金钱卜落。

问苍天，人在何方？

恨王孙，一直去了。

詈冤家，言去难留。

悔当初，吾错失口。

有上交，无下交。

皂白何须问？

分开不用刀。

从今莫把仇人靠。

千里相思一撇消。

全词分为十句话，每一句都是一个谜面，谜底扣着一个数字，从一到十。"下"字"卜落"为一，"天"字"人"去为二，"王"字去"一直"为三，"詈"字"言"去为四，"吾"字失"口"为五，"交"字"有上""无下"为六，"皂"字去"白"为七，"分"字"不用刀"为八，"仇"字"莫""人靠"为九，"千"字"一撇消"为十。

以十句谜面为诗，串得如行云流水顺畅自然，这份才气固然惊人，更可惊的是，句句写分道扬镳，句句血泪迸溅，还有些铿锵的霸气——爱有多浓，恨有多烈，笔下才出来这么清冷决绝的句子！在诗歌史上真是空前绝后。

一字一句慢慢吐口念出，你就知道，这些普通的方块字，原来可以这样性感和有力，简简单单排列组合，就让语言落了脚，在大地上排出桃红柳绿或者伤心惨目。

这些句子没有稳妥精致的美丽，但是它们有一种桀骜不驯的风姿——是不羁的，是斑驳的，是意味深长的，甚至是杀气腾腾的，适合用来低声诵读和感受，如一场兜头大雨落在红尘中，冷冽，淋漓。

被休婚后，除了一支笔，朱淑真已一无所有。她唯有将一生的悲哀与愤懑揉在一起，一生的爱和恨融入其中，苟笔简墨，将温情脉脉的文字揭去了一层皮。

"问世间，情为何物，直教生死相许？"这世上有许多东西需要遇见，需要棋逢对手。爱情其实也是这样。感谢她和她的文字，让我们同她一起唏嘘爱情的悲欢之余，同时相信了文字的遇见也是一场一场可以感动人的因缘。

读一个人的诗，就是渐渐走进她的内心世界，走进她的情感空间，在她遗留的诗词里，轻轻地触摸那片伤痛。读下去，读下去，终于满世界起风。

来看朱淑真的词。

恼烟撩露，留我须臾住。携手藕花湖上路，一霎黄梅细雨。

娇痴不怕人猜，和衣睡倒人怀。最是分携时候，归来懒傍妆台。

——《清平乐·夏日游湖》

真是倔强的灵魂呵，苟全的人生，她偏要高调地过。情爱欢喜，它就在今天、此刻，萌发，生长，不可遏制，无须遮掩。

"恼烟撩露，留我须臾住。"

——（当时那场约会啊，）烟是恼人的，露也是缭乱的，烟笼着柳，露滴在花上，都在留我多待一会儿。

"携手藕花湖上路，一霎黄梅细雨。"

——手拉手走在路上，两边开着藕花。可是多么不巧，忽然就落下雨来。

这黄梅时节的雨急着赶着像是为春送行，也侵扰约会，使相聚的欢乐不能继续。

藕花那么美，就像西湖心里长出来的爱。这花在她这里一点都不得意，一点都不甜蜜，一点都不高兴。西湖爱情多凄美——虽说西湖的断桥、长桥、西泠桥并称为西湖三大情人桥，可它们多么悲伤啊，整个的梅雨季都是它们在哭泣。

诗人虽说处在夏日最美的时辰，梅子黄时，藕花开放，却没有一点欢乐，语气里有一点冷淡，一点惋惜，一点害怕和担忧。那场约会刚刚开始，就有细雨洒下——难道当时就已预示？

可是豁出去了，就要光明正大地约会！就要秀恩爱！就要像灯芯一样，在残灭前的刹那，发出最足的光亮。

烟，雾，藕花，每一个都美，更哪堪诗人一挥罗袖，又下了一场梅子黄时雨。意象洁净安静，不蔓不枝，如同滴滴白蜡，透明润泽。它们单独待着不过是静物素描，合起来，就登时轻盈灵动起来。

而烟，雾，藕花，雨，朦胧美丽，被化成爱恨、怨嗔、喜乐等复杂情绪。以轻盈之物写厚重之思，让人赞叹她画心的本事。

读完此句，唇齿间汪着清甜，心里绕着乐声。深深感受到宋词独有的音韵之美。

上阕流露的是初见的欣喜和隐隐不安。下笔的那一刻，诗人正沉浸在思念中。回想来之不易的相聚过程，想起细雨谶言似的飘落；下阕起笔异常甜蜜，因为想到了约会细节，而后就沉到悲伤的海底，因为越甜蜜，离别就越痛楚：

"娇痴不怕人猜，和衣睡倒人怀。"
——娇憨痴情不怕别人猜疑，和衣倒入他的怀抱。

怕人看见，又想彰显，就像热恋中的情人，想大声说给全世界听。

能"娇痴不怕人猜"的，恰是少女心思。年少时与心上人在一起的日子，是人一生中最美好的时光，更是朱淑真一生中难得的华彩。

这都是些平常字句，但在朱淑真的笔下，却好像仙女下了凡，句中有爱情的敏锐温暖，有情境的纯洁愉悦，有白云一样的温柔，乌云一样的倔强，有孩子气，字字动人。

"最是分携时候，归来懒傍妆台。"
——最忘不掉的，当属分别瞬间了。

原本那样欢愉，但总要分别。心情急转直下，洒泪，回家。到闺房里，还恍如梦中。我懒倚妆台：过往都成了虚景，衬着你的身影，而你如今在何方？

女子的梳妆台总和伤感相联系。比如发现鬓边第一根白发，比如一夜转成衰颜，甚至，妆罢艳极，也暗示了镜花水月的伤感。总之，一提"懒傍妆台"，我们就心灰了一半。

这一句似在叙事，却是极重要的心理描写：词中人归来，无情无绪，懒得卸妆，也懒得梳妆。失爱，被休，疾病，孤独……人间所有狼藉均已抵达现场，魂飞了，只剩躯壳。

整首词思绪复杂多变，一层一转，一转一深，勾连着，相思的苦乐都有了。

东方诗人是在毛笔和墨色中修炼，渐渐抵达诗意的。明快绚丽的诗意长于写景，而深沉内敛的诗意更长于画心。如朱淑真的这首《减字木兰花·春怨》：

独行独坐，独唱独酬还独卧。伫立伤神，无奈轻寒著摸人。

此情谁见，泪洗残妆无一半。愁病相仍，剔尽寒灯梦不成。

这一首词没有写景。她心里根本没有景。

不忍看，不能看，一看就要哭。这种情绪与李清照晚年在杭州的二十年惊人相似——不出门，不看，"感时花溅泪，恨别鸟惊心"，看什么听什么？全是刺激。

她哭泣，心里的伤痕结不起疤，摆脱更无从说起——那样的时代，男弃女，随意，女弃男，则不只是两年牢狱的代价，还要搭上身败名裂，六亲不认——六亲不认你，嫌丢人。

于是生性天真跳脱的人，只能闷在家里。

> 独自倚阑干，夜深花正寒
>
> ——《菩萨蛮·咏梅》

> 满院落花帘不卷，断肠芳草远
>
> ——《谒金门·春半》

> 山亭水榭秋方半，凤帏寂寞无人伴
>
> ——《菩萨蛮·山亭水榭秋方半》

都是真实写照。

——"独行独坐，独唱独酬还独卧"，起笔连用的五个"独"字，是一枚枚闪电，破空而出。每一组字眼都在顿足，节奏急促零碎，闪着柔弱的光，冰冷、无力。是一个人，在小房间里，一会儿自顾自哭，一会儿嘟嘟囔囔，一会儿扯纸伏案，自己写诗自己和，没人搭理。

那该是怎样寂寞的生命寒秋？一年一年的黄花瘦，等到最苦处，爱转成恨，少女变为怨妇，有了冰雨般的眼神。像《胭脂扣》里的如花，有许多种孤鬼样子，将愁病缕缕抽出，千年之后，都哀哀不绝。

咬牙顿首，寒风吹彻，是无人知晓的。回首早年"娇痴不怕人猜，和衣睡倒人怀"的天真勇敢，再看此时的"独行独坐，独唱独酬还独卧"的委顿孤单，愁病越发深重。剔尽寒灯，随后陷入的是黏稠的阴郁，那深不见底的黑洞。春成了狱，囚人欲狂。

到最后，全词渐渐暗下来，渐渐成灰，然而，我们分明感觉到了里面火焰的萌动——它隐藏着极致的浪漫，火山般的激情，都源于一颗柔细又紧张的女儿心，这火焰像酒在酒瓶里，虽看不见燃烧，沉静如水，却暗暗地激烈狂奔。

文字是性格的出口。在朱淑真之前，没人那么写爱情——那是爱情吗？分明是茨维塔耶娃般美丽的疯狂啊，来过一季以后，那些美丽忽然就销声匿迹，像从没发生过。

宋时理学盛行，视情事为洪水猛兽，何况绯闻？随着恋情被旁人察觉，非议、谩骂直如惊涛拍岸，卷起千堆雪一般的哀愁，让她渐渐招架不住。

死亡成为必然。四十五岁，还不算老，朱淑真选择了投湖自尽。

没有人知道她命丧何时。也没有记载她投的是哪个湖。

身后羞辱仍不可绝。这些有关婚外恋的诗词四处流布，更加剧了羞辱。父母不堪忍受，心痛又恨极。为避免家丑继续发酵，唯有将女儿诗稿一把火烧尽。

关于人生，她和一般女子的幻想差不多吧？不坏，也说不上特别好，正常就行。但是，她落到了"最坏"这一折。

朱淑真的命运悲剧类似于现代女作家萧红，同样遇人不淑，同样遭遇强硬的父权和夫权，同样因婚姻波折为人诟病，同样浪漫敏感，同样耿介任性，不向现实妥协……

萧红临终发出"平生受尽白眼和冷遇，身先死，不甘，不甘……"的绝望叫喊，是她留给寒凉人间的遗言。其中悲苦，令人唏嘘。不知朱淑真一步步从湖岸走向湖水深处时，有没有过类似的不甘？是否有过那么一闪念，想要放弃？

往事远去已近千年。今天的我们所了解的朱淑真，不过一鳞半爪，细节模糊，面目不清，她所遭受的苦难，我们不能感同身受。谁也不能和另一个人感同身受。

不知那些和我们擦肩而过的路人，平静的面庞下又藏着怎样的故事呢？

词人小传

朱淑真（约1135—约1180），南宋女词人，号幽栖居士。生平事迹不详，一说钱塘（今属浙江）人，一说海宁（今属浙江）人。今认同前者较多。

相传出生于仕宦家庭，父亲曾在浙西一带为官。幼即好文，钟情诗词，自称"翰墨文章之能，非妇人女子之事，性之所好，情之所钟，不觉自鸣尔"（《掬水月在手》诗序）。

主要生活在临安，也曾随丈夫宦居异地。从诗集中可知，她曾到过淮南，也曾远渡潇湘，终因丈夫伧俗，婚姻不合心意，精神极其痛苦，悒悒而终。

据传朱淑真一生所作诗词很多，但她追求真情的行为为当时礼法所不容，父母迁怒于诗词对她的性情陶冶，因此朱淑真去世后，诗词作品"为父母一火焚之，今所传者百不一存"。

其作品题材广泛，除爱情诗词，也有记游、赠答、思乡、怀古，其咏史诗剖析时局，品评人物，都很有见地。书画造诣高，尤善绘红梅翠竹。可惜无存。

存词三十首左右，现存《断肠集》《断肠词》传世，为劫后余篇。

朱淑真代表作

江城子·赏春

斜风细雨作春寒，对尊前，忆前欢。曾把梨花，寂寞泪阑干。芳草断烟南浦路，和别泪，看青山。

昨宵结得梦夤缘，水云间，悄无言。争奈醒来，愁恨又依然。辗转衾裯空懊恼，天易见，见伊难。

译释

微风细雨伴着春寒，对着酒樽欲饮，忆起从前的欢乐时光。那时也曾扶着栏杆，攀一枝梨花，任泪水流淌。南浦分别，芳草如烟，他的背影渐渐消失不见。留下我柔肠寸断，无语独看青山。

昨夜梦中与伊人重聚，缠绵无言。梦中欢情如水云渺渺，怎奈醒来独自对寒衾，令人辗转反侧，倍觉凄惨。懊恼哀叹全无济于事，我能见到天，却见不到你。

名家点评

薛绍徽：赵宋词女，李（清照）、朱（淑真）名家。

许玉嚎：宋代闺秀，淑真、易安并称隽才。

之十三

魏玩

以夫为纲的道德牌坊，换不来缱绻温柔

菩萨蛮·溪山掩映斜阳里

宋·魏玩

溪山掩映斜阳里，
楼台影动鸳鸯起。
隔岸两三家，
出墙红杏花。

绿杨堤下路，
早晚溪边去。
三见柳绵飞，
离人犹未归。

论才学，宋朝的女词人里，除李清照、朱淑真之外，还有一个魏玩。

她一直居住在黄昏里，像一朵斜阳。当挂在檐下的灯笼被风摘走时，她也被摘走了。她的才华从那灯笼上倾斜下来，垂垂而落，烂漫纷披，成了覆盖后世的影子。我们在这样巨大的光芒里，感受她在漫漫长夜里的无望与冰凉。

终其一生，她都在等待，如同等待扫墓的人给予坟头一点烛火的温暖。她等待远方丈夫的消息，等待丈夫的爱，像等待一封无望收到的信。流年似水覆盖过生命，她就在日复一日的等待中失望、悲鸣。

同李清照一样，魏玩的丈夫也长期在外为官，但魏玩却连一小段琴瑟和谐的幸福都没有。她的丈夫从不带家眷上任，将她搁置家中。魏玩比朱淑真更寂寞、更痛苦，因为她是一个恪守宋代伦理道德的女人，难得迈出家门一步，像一只被绷在白布上的鸟儿，本来也可以飞翔在乡间广阔美丽的田野上，可是此刻，它伏在方寸空间，一动也动不得。

因为如此循规蹈矩，她多次受到宋神宗的褒奖，封了个"鲁国夫人"——那管什么用？就封成"九天仙女"又管什么用？明末清初文学家张潮在《幽梦影》里说，"镜不幸而遇嫫母，砚不幸而遇俗子，剑不幸而遇庸将，皆无可奈何之事"，这是物与人的不幸相遇。人与人不幸而遇的例子更多：谢道韫之遇王凝之，李清照之遇张汝舟，朱淑贞之遇俗吏，魏玩之遇她的高官丈夫……

魏玩的丈夫叫曾布。曾布是曾巩的弟弟。曾巩名列"唐宋八大家"，曾布虽然官当得比哥哥大，却没有哥哥的名头大。

曾布十三岁那年，父亲去世，兄长曾巩对他悉心培养。曾巩与王安石关系密切，曾布考上进士之后，曾巩将他安置到王安石的门下。开始时，曾布颇受王安石器重，但王安石变法期间，宋神宗诏求直言，曾布就说了自己对变法的一些异议，王安石大怒，解除了曾布的一切职务。后来，曾布又被蔡京排挤，大臣也群起攻之，宋徽宗于是翻脸，将他一贬再贬。

但是无论是在京还是外任，曾布都不带魏玩同行。

魏玩嫁给曾布时，他还没取得功名。

魏玩出身世家，是诗论家魏泰之姊，真正的名门闺秀，也曾与兄弟密友一起谈诗论文，有过恣意的少女时光。她自幼恪守道学伦理，嫁给曾布之后，以夫为天，将所有的闲趣都收了起来，一颗心全部扑在丈夫身上。

尽管当时曾布还是一个名不见经传的小子，才气不如曾巩，官职也不高。但魏玩依旧对自己的丈夫充满了崇拜，当曾巩、曾布、曾肇三兄弟相聚时，魏玩写过"金马并游三学士，朱幡相对两诸侯"的字句，骄傲之情溢于言表。

但是曾布进士及第走上仕途之后，魏玩却被可怜巴巴地丢在江西老家，几乎从未展眉。所有的思念都只能写在诗词里：

> 灯花耿耿漏迟迟。人别后、夜凉时。西风潇洒梦初回。谁念我，就单枕，皱双眉。
>
> 锦屏绣幌与秋期。肠欲断、泪偷垂。月明还到小窗西。我恨你，我忆你，你争知？
>
> ——《系裙腰·灯花耿耿漏迟迟》

这首《系裙腰》里，全是小女人的娇态，轻嗔薄怨。但是渐渐地，等待变得越来越漫长无期，人也渐渐地失了光彩：

> 夕阳楼外落花飞，晴空碧四垂。
>
> 去帆回首已天涯，孤烟卷翠微。
>
> 楼上客，鬓成丝，归来未有期。

断魂不忍下危梯，桐阴月影移。

——《阮郎归·夕阳楼外落花飞》

"楼上客，鬓成丝，归来未有期。"这样的句子，轻轻一抿，并没有很用力的滋味，然而其中的凄清，寒凉入骨。

也有终于绝望的时候。是已知道，无论如何努力，自己渴望的那双眼睛，还是不会顾盼过来。

魏玩写过一首《江城子·春恨》：

别郎容易见郎难，几何般？懒临鸾。憔悴容仪，陡觉缕衣宽。门外红梅将谢也，谁信道，不曾看。

晓装楼上望长安，怯轻寒，莫凭阑。嫌怕东风，吹恨上眉端。为报归期须及早，休误妾，一春闲。

这一首词一反之前的哀怨，已经有些不安静了，语气里有了焦灼。如果说"别郎容易见郎难"还是怨爱交织的话，那么"为报归期须及早，休误妾，一春闲"，就只剩下满腔的怨恨了。

魏玩对曾布毫无保留，几乎将自己放到了尘埃里，然后期待曾布看见她身上开出的惊艳的花。只是这份感情终究是错付了，曾布虽也是名家之后，但身上更多的是浊世的气息，他追求更多的是政治，是功名，或者是另一派温存。

曾布的温存，没有给魏玩，却给了魏玩的养女——张慧芝。

张慧芝是曾布手下一位张姓官吏的女儿，七八岁的时候，被魏玩收养，此后由魏玩教导。魏玩本来就是一个遍览群书的才女，又温厚善良，待张慧芝犹如己出，教导得十分用心，母女相处亲厚。张慧芝也十分好学，诗词歌赋多有涉猎，因为文采出众，长大后还获得了进入大宋内宫的资格。

随着时间的流逝，张慧芝渐渐长大成人，颜色渐显，成为一位娇俏可人的姑娘。曾布的目光于是越来越多地倾注在张慧芝身上，借着魏玩的关系，曾布渐渐与张慧芝亲近起来，最后竟然与张慧芝有了私情。之后，曾布不顾外界非议，不管到哪里上任，都把张慧芝带在身边，将魏玩想望一生都不曾得到的宠爱与用心，尽数给了这个名义上是自己养女的女子。

魏玩自嫁给曾布起，一生都在维护自己的丈夫。在她的眼睛里面，曾布浑身上下没有不完美的地方。她从来不去管曾布的行为，无论是政敌的攻击还是旁人的提醒，她都无条件地将丈夫所有的行为美化，视为理所当然。

但是她终于知道了曾布和张慧芝的情事。

她这才明白，原来曾布不是不懂风情，而是不愿与她共享风情；曾布也不是公务繁忙得没有时间诗书酬答，而只是不愿回应她。一个是自己视为整个世界的丈夫，一个是自己掏心掏肺相待的养女，她是曾布的正室又如何？她能怎么办？此时的她，连娘家的依靠都没有了，就算离婚也不知道往哪里去。

这件事情对于魏玩的打击实在太大，多年的怨恨一朝爆发，她郁郁不解，病重在床，不久就撒手人寰。等了曾布那么多年，从年华正好等到了红颜逝去，从曾布籍籍无名等到了他权倾朝野，从北宋覆灭等到了南宋开始，但她什么也没有等到。

张慧芝在魏玩去世之后，还以养女身份前来哭吊，写了一首诗："香散帘幕寂，尘生翰墨闲。空传三壶誉，无复内朝班。"

——真是令人无语之至。

肆

《蕙风词话》称"淑真与曾布妻魏氏（魏夫人）为词友"。

如果真有缘相见，这两位命运相似、才华相当的女子，基于生命质地的相似，又同样困在牢笼一样的婚姻里，这样的"词友"，很容易成为知音吧。

她们是不是同现在的闺中密友一样，一夜一夜不合眼地长谈？谈各自婚姻里的悲哀，对爱情的憧憬，以及一切美好事物的力量，看各自的欢喜与唏嘘，也把自己的糊涂情怀看个一清二楚。那样的夜晚和女友，真好像春梦一样短暂而美丽啊。

她们当然也得聊词——为一个字、一个词争论或者叫好的时候，能否投射在桃李春风一杯酒的倒影里？她们是不是都将词当作写给自己看的日记，幽怨地记下："昨日盈盈枝上笑。谁道。今朝吹去落谁家。"句子柔软又带着新鲜，却字字冷冽，像一株柔软的水草在黑夜里默默摇摆。"谁念我，就单枕，皱双眉"这样的讲述坦诚、直率、朴素、实在，散发着尘世温暖的气息。

但这只能是臆想。

查魏玩与朱淑真的生卒年就知道：这两人隔着近百年的时间差。魏玩比李清照早40多年，比朱淑真早90多年，何来交集？

与布衣长衫，端着酒杯高歌的唐诗相比，宋词长于闺怨。唐诗是抬头望明月，低头吐豪章的男儿王国；而宋词则是抚琴吹箫，眼神脉脉又充斥着哀怨的女儿世界。但早期的宋词却又是由男人写来，尽管再是肖真迷人，对于女儿心境，仍如一片笼罩着蒙蒙雾霏的河塘般，终究隔了一层，所以，要真正写出女人内心的感觉，还得女人自己写不可。

魏玩

以夫为纲的道德牌坊，换不来缱绻温柔

魏玩的出现，才打破宋词由男人一统天下的格局。自魏玩始，女性的爱情、闺怨才真正由女人自己来表达，毕竟女人"自言"更加真实。虽然魏玩将自己的命运依附于自己的丈夫，但她却使女人在词坛获得了地位，从此女性在中国词坛真正有了自己的话语权。

她与那些差不多遭遇的才女们，用不幸成就了自己作为艺术家的灵感和创造力，以自己的人生体验，真实呈现了女性视角与女子的生活。或许，在初春和煦的微风里，曾经有数不清的女子在风景如画的汴梁或临安大街上无助地哭泣，但只有她们将这幅图景用文字记录了下来。

她们仿佛不曾走远。她们的呼吸那么近，在她们深切而芬芳的长短句里生动如昔。在她们笔下，在离我们不远的地方，有一片开出碎花的藤架，阳光照耀着安静的木椅，柔软的风吹过她们的文字，恍若城池，灿若星辰。

魏玩（1140—1099），宋代女词人。字玉如，一作玉汝，邓城（今属湖北）人。

出身世家，诗论家魏泰的姐姐。自幼聪颖，博涉群书，才思敏捷，诗词俱佳。

与曾布成婚后，以夫为纲，恪守女德，严遵礼法。曾布是曾巩（"唐宋八大家"之一）之弟，后官至宰相。魏玩从夫籍，初封"瀛国夫人"，后封"鲁国夫人"，人称"魏夫人"。

曾布虽有才干，仕途顺利，但对魏玩十分漠视，一直将魏玩抛在家中，两人聚少离多，魏玩的闺阁之怨便源自于此。后来，曾布与魏玩养女张氏情好，两人肆无忌惮公然示爱，魏玩受此刺激，一病不起，不久辞世。

魏玩诗词出语不凡，典雅，深情，诵咏佳句为时人所称道。朱熹将她与李清照相提并论。

著作很多，大都散佚。现存作品中诗仅有一首，咏项羽、虞姬的事迹，题作《虞美人草行》（《诗话总龟》卷二十一）。

有《魏夫人集》。

《全宋词》辑录了她的词作十四首。周泳先辑为《鲁国夫人词》一卷。

魏玩代表作

点绛唇

波上清风，画船明月人归后。渐消残酒，独自凭栏久。

聚散匆匆，此恨年年有。重回首，淡烟疏柳，隐隐芜城漏。

译释

画船上宴饮送别好友，看清风拂水吹起涟漪。月升人散，归来后，酒意渐消，离恨涌上心头，独自扶着栏杆远望了许久。

人生聚散来去匆匆，这种离愁别恨年年都有。忍不住再次回首，天边云烟迷茫杨柳稀疏，隐隐传来芜城声声更漏。

名家点评

朱熹：本朝妇人能文者，唯魏夫人（魏玩）及李易安（李清照）二人而已。

杨慎：李易安、魏夫人，使在衣冠之列，当与秦七（秦观）、黄九（黄庭坚）争雄，不徒擅名于闺阁也。

陈廷焯：魏夫人词笔颇有超迈处，虽非易安之敌，然亦未易才也。

之十四

张玉娘

从此日日皆秋，世间再无四季

浣溪沙　秋夜

宋·张玉娘

玉影无尘雁影来。
绕庭荒砌乱蛩哀。
凉窥珠箔梦初回。

压枕离愁飞不去，
西风疑负菊花开。
起看清秋月满台。

壹

张玉娘，这个与李清照、朱淑真、吴淑姬并称宋代四大女词人的女才子，她的词那么好，几乎首首都好。

张玉娘也出生在官宦世家。玉娘自幼被父母视若掌上明珠，在父母的调教下遍读诗书典籍，才思敏捷，擅写诗作词，被比作汉时的班昭。

玉娘及笄之年，父母做主，与表兄沈佺定下了婚事。沈家也是名门，据说是宋徽宗时状元沈晦之后。据说，张玉娘和沈佺生于同年同月同日，只是沈佺比玉娘早了三个时辰。沈、张两家是表亲，二人自小青梅竹马。沈佺不但长得仪表堂堂，也颇有文采，两人都爱好诗词，可谓情投意合。

张玉娘有一首《水调歌头》，是写给沈佺的：

素女炼云液，万籁静秋天。琼楼无限佳景，都道胜前年。桂殿风香暗度，罗袜银床立尽，冷浸一钩寒。雪浪翻银屋，身在玉壶间。

玉关愁，金屋怨，不成眠。粉郎一去，几见明月缺还圆。安得云鬟香臂，飞入瑶台银阙，兔鹤共清全。窃取长生药，人月满婵娟。

沈佺爱着她。玉娘也知道他的心意。她做了香囊相赠，将自己的诗密密地绣在香囊上，以为终身相许之信物：

珍重天孙剪紫霞，沉香羞认旧繁华。

纫兰独抱灵均操，不带春风儿女花。

这样的《紫香囊》是应该再多写一些的，它用热诚的紫红色连缀而成，丝丝甘甜。这样的词叫我想起儿时和母亲在一起的时光：春天，地面潮湿，家家升起烟岚，从木条窗户望出去，会看到那些洁白的、老大的桐花在阳光里轻轻地、轻轻地旋转飘落，啪嗒啪嗒落在地上，花心里是浅浅的紫……谁都想一把拦住那样的时光，不许它走。

幸福的时光指日可待。沈佺是个才思俊逸的士子，虽只有二十二岁，在京城顺利通过经、论、策三场考试进入殿试，高中榜眼，金榜题名。他的才思在京城一时传为佳话。据说，在面试时，主考官问得沈佺是松阳人士，恰好这位主考到过松阳，于是考官拿松阳的地名作了上联："筏铺铺筏下横堰"，沈佺很快就对出下联："水车车水上寮山"。对句工整，上联的"横堰"是地名，他对的"寮山"也是地名，且都在松阳。登时一座皆惊。沈佺，多有才啊！

但是命运总喜欢将悲剧降临到人间，让看似甜蜜的生命之旅最终变成一次冒险。

记得《孤星血泪》中，郝薇香就想把好时光永远停住，她把家中所有的钟都停在八点四十分，自己则幽灵一样整天穿着结婚当日的嫁衫不肯脱下来，还空着一只来不及穿上婚鞋的脚。她想把时间自欺地停止，但她还是一天天老去，一如她的老宅，蛛网结，藤蔓生。

就是这样，无论你怎样舍得一身剐，打算与时光以死相拼，它仍旧是慢慢悠悠、不显山不露水地把你敲打出满脸皱纹。

玉娘的父母后来居然因为亲家的家道中落悔婚了，与张家断绝了往来。

张玉娘竭力反对，写下《双燕离》：

白杨花发春正美，黄鹄帘低垂。燕子双去复双来，将雏成旧垒。秋风忽夜起，相呼渡江水。

风高江浪危，拆散东西飞。红径紫陌芳情断，朱户琼窗侣梦违。憔悴卫佳人，年年愁独归。

然而更坏的消息来了——沈佺不幸得了伤寒，病入膏肓。玉娘立即寄书给他，称："妾不偶于君，愿死以同穴也！"

沈佺看信后感动不已，强撑起奄奄病体，回赠五律一首：

> 隔水度仙妃，清绝雪争飞。娇花羞素质，秋月见寒辉。
> 高情春不染，心镜尘难依。何当饮云液，共跨双鸾归。

他知道自己已不治，只期待爱人"共跨双鸾归"，在阴间相聚。作此诗时他还在赶回松阳见玉娘的路上。然而他还是去世了。玉娘得知了噩耗，登时昏厥，在爱人灵前，恸哭之下吟就《哭沈生》：

> 中路怜长别，无因复见闻。愿将今日意，化作阳台云。
> 仙郎久未归，一归笑春风。中途成永绝，翠袖染啼红。
> 怅恨生死别，梦魂还再逢。宝镜照秋水，明此一寸衷。
> 素情无所著，怨逐双飞鸿。

此后，她不再展眉，将自己活在秋天里，不再理会四季更替。秋天，它好像是抄了某种捷径，一夜之间就到了她的门外：

> 霜天破夜，一阵寒风，乱渐入帘穿户。醉觉珊瑚，梦回湘浦，隔水晓钟声度。不作高唐赋。笑巫山神女，行云朝暮。细思算、从前旧事，总为无情，顿相孤负。正多病多愁，又听山城，

戍笳悲诉。

　　强起推残绣褥，独对菱花，瘦减精神三楚。为甚月楼，歌亭花院，酒债诗怀轻阻。待伊趋前路。争如我双驾，香车归去。任春融，翠阁画堂，香霭席前，为我翻新句，依然京兆成眉妩。

　　　　　　　　　　　——《玉女摇仙佩·霜天破夜》

　　想着从前的欢乐时光，她不免起了幻想：希望他快车赶路，就像自己驾香车赶归程一样，重逢在春日融融的时刻，到那时，两人相伴在翠阁中、画堂上，香雾弥漫在身旁，如同汉代张敞夫妇，伉俪相随，幸福美满——在幻想中艰难达成的相见，加重了相思的热烈和悲剧的浓度。

　　中国人对于道路是存有一种别样之心的：魏晋时阮籍驱车行路，到路的尽头就大哭，折道而返。然而每一条路都有尽头，再走到另一条路，依旧只有穷途之哭。

　　纵然没有经历过，也见过这样的爱：真难啊，难得好像永远见不到你、永远牵不到你的手了；难得好像你根本不存在于这世间；难得必须等我们老去，去到茫茫无际的另一个世界，我们才能相逢。

　　这个不常见的词牌——玉女摇仙佩，被她赋予秋情，写出了人生凉意。

　　所谓人生七苦，"爱别离"苦是最折磨心灵的一苦。痛苦到极处和幸福到极处很难区分，很难形诸文字。一个人能够活着，往往是因为精神上有一个支柱，或者说是依托，精神一旦被击溃，人就形同行尸走肉，不知道自己究竟还是不是自己。没有依托的世界，是置身冰冷的海水里，是行走在漫天的大雪中。

在那些思念成疾的日子里，时光就是一锅愁苦在翻滚蒸煮。她像一棵失了根的植物，碾冰为土玉为盆，什么都挡不住她的枯萎。既然无法共同活着，那就求死去再聚首吧。什么都挡不住一颗立定赴死的心。

据说景炎二年（1277）元宵夜，玉娘不饮不食，离开了人世。她所爱的红嘴白翎鹦鹉也终日啼号，不沾水米而死。

最后的结局是：两家父母有感于他们痴情真爱，将其合葬。因鹦鹉葬于玉娘侧，所以这墓被称为"鹦鹉墓"。

一幕中国梁祝（梁山伯与祝英台）或英伦罗朱（罗密欧与朱丽叶）式的大悲剧。

——为何人们对死人表现得那么友善，对有血有肉的活人却是那么无情？

较之易安的中道失侣、淑真的不遇良人，玉娘的遭遇则是有情人不能成眷属。

她陷落在她的黄昏里，我们只能停在时间之外，远远地眺望。我们没有资格怜悯她——死亡不露痕迹地容下了所有的悲欢离合，所有的喋喋不休，所有的嗔慢痴狂。也不必怨恨死亡——死亡背后，其实是时间在策划一切。是时间，凶猛而温柔，吞没一切。

肆

时如逝水，后世记取的，多是玉娘的才华。她在文学造诣上一点不比当时闻名于世的男诗人低。玉娘的诗风，意境异常开阔，没有局限性，实在值得称道。她的诗作体裁很广，有绝、律、四言、六言等，更难得的是古意浓重——意境直追先秦，远离当世流俗。

"关山一夜愁多少，照影令人添惨凄"是她的愁情；

"闲看蜡梅梢，埋没清尘绝"是她的闲情；

"宝镜照秋水，明此一寸衷。素情无所著，怨逐双飞鸿"是她的素情；

"淡泊罗衣裳，容颜萎枯槁。不见镜中人，愁向镜中老"是她的悲情；

"汝心金石坚，我操冰雪洁"是她的纯情；

"此景谁相问，飞萤入绣床"是她的苦情；

"自是病多松宝钏，不因宋玉故悲秋"是她的柔情；

"流星飞玉弹，宝剑落秋霜"是她的豪情；

"勒兵严铁骑，破虏燕然山。宵传前路捷，游马斩楼兰"是她的

爱国情;

"独此弦断无续期,梧桐叶上不胜悲。抱琴晓对菱花镜,重恨风从手上吹"是她的痴情;

…………

说玉娘,不能不提那一组华光四射的《山之高》。其中一首是这样的:

山之高,月出小。

月出小,何皎皎。

我有所思在远道,

一日不见兮,我心悄悄。

采苦采苦,于山之南。

忡忡忧心,其何以堪。

汝心金石坚,我操冰雪洁。

拟结百岁盟,忽成一朝别。

朝云暮雨心去来,千里相思共明月。

从写作手法上来说,这一首算是拼贴游戏,用典较多。头两句像柳宗元的笔法,其实用的是两汉间手法,引《古诗十九首》的明月何

"我有所思"这句，更像汉乐府，又大类《古诗十九首》的"涉江采芙蓉"。但多半是把两句融合了。

诗眼在于第二段的四句。典出《诗经·采苓》"采苦采苦，首阳之下。人之为言，苟亦无与"的本义，是说"不要听信他人谣言"。如果前面引用里有"有所思"，那么这里就应该是和"闻君有他心"呼应，劝说自己不要听信流言。如果没有引用"有所思"，那么采苦的色彩就减弱了。

"忡忡忧心"出自《诗经·国风·召南·草虫》："未见君子，忧心忡忡。"但是重点在于《草虫》一诗的后面几句："亦既见止，亦既觏止，我心则降。"要是一旦能够见到你，那就什么都好了。这几句虽然没有在玉娘的笔下出现，但熟悉"未见君子，忧心忡忡"的人，就足以明白玉娘隐而未发的意旨。

接下来几句让人联想起《孔雀东南飞》，也是东汉的常用写法，这里的"汝心金石坚"，说的不是"你的心像金石一样坚硬"，而是"坚定"。只是最后一句却有了中唐味道，幸好不突兀。"拟结百岁盟"大抵是讲订婚以后男友上京赶考的事。

诗中像拉满弓一样强烈的相思，是能将人吞噬掉的——再稍一用力，就会绷断。过来人都有过相似的体会。相思啊，是你离开了却好像还没离开；是我一见你就笑，一旦分离我就不会笑了；相思到最苦，到最后，你的离开我的改变，都将如山涧中洁白的桐花散落一地无法挽留。

总有一天，所经历的一切似从未发生，所怀念的人将不知所往，只余下那爱还如草地一夜开出红花。而时光走得太急甚至来不及挽留，这世间一切早来或迟来的却又偏偏要急急落幕的幸福，我们似乎来不及得到了。相思逼人老，我知道，我会老得一塌糊涂，老到不能再按着你的手哭泣，老到忘了你的名姓……无论相思多么苦，我们还是在她这里看到，爱有多么好！

玉娘的作品，抓住了两汉文学的精髓，或者说是《古诗十九首》的精髓。

《古诗十九首》的精髓，是哀而不伤。简单点说，就是在描写景物之后，用轻描淡写的一两句话，抛出一颗沉重的痴心。这种方法的例子，在两汉间有很多。比如《古诗十九首》的"盈盈一水间，脉脉不得语"，比如陶渊明从"八表同昏，平路伊阻"到"竟用新好，以怡余情"，还有《战城南》的"野死谅不葬"，更有一句陈琳的"君今出语一何鄙"。坊间对于两汉间情诗的印象，可能更为博大壮阔，没这么细声细气的，比如《有所思》和《上邪》。其中的铿铿鞳鞳，被玉娘很好地继承了。

世间苍黄，我因它们而青翠：那些要什么有什么、神一样的汉字。

每次读她，都像体味一壶茶的万千滋味；每次触碰到她不同时段不同时刻的感情，都好像看见自己多年前的一段日月，泊在月光或日光里，淡淡地被照亮。如此普遍的句子，就这样辗转尘世，混入了春秋。或许，每个人都是另一个人生命里的一段传奇？

读着它们的时候，正下着窗帘，嫩阳初醒，光影很低，它们散在案头，窗外有一株正从她的词中长出来的梧桐。

张玉娘

从此日日皆秋，世间再无四季

张玉娘（1250—1277），南宋女词人，字若琼，自号一贞居士，处州松阳（今属浙江）人。去世时不到二十七岁。

出生仕宦之家，父亲张懋曾任提举官。自幼受诗书礼乐熏陶，聪慧过人，年少时即才名远播。当时人们将她比成东汉才女班昭。

玉娘性格开朗活泼，常携丫鬟登山舒啸，临水赋诗。诗词体裁多样，擅长古风创作。后人将张玉娘与李清照、朱淑真、吴淑姬并称为宋代"四大女词人"。

及笄，与自小青梅竹马的沈佺订婚约。两人情投意合，互赠诗物。后沈氏家道中落，张父悔婚，然玉娘誓不改初衷。后沈佺随父游京师赴试，中榜眼，不幸染病，卒。张玉娘哀恸不止，忧郁致病，后不食而殒。

三百多年后，明代王诏发掘出了张玉娘的故事，并著《张玉娘传》。清代剧作家孟称舜为她创作三十五折传奇剧本——《张玉娘闺房三清鹦鹉墓贞文记》。但知者甚少。一颗璀璨的明珠差点被埋没在历史的尘埃之中。

著有《兰雪集》两卷，留存诗词一百余首。其中词十六首，极有艺术成就。

张玉娘代表作

如梦令·戏和李易安

门外车驰马骤，绣阁犹醺春酒。顿觉翠衾寒，人在枕边如旧。知否，知否？何事黄花俱瘦。

译释

大门外车马来去如风，姑娘们的绣阁精美，酒香氤氲。然而床上还是那个孤单的你，冷冷清清，让翠衾锦裘也自带寒意。知否，知否，为什么人和黄花一样，形容消瘦？

名家点评

虞集：有三百篇（《诗经》）之风，虽《卷耳》《虫草》不能过也。

之十五

严蕊

凭一朵花的高洁，抵挡尘世的不堪

鹊桥仙·碧梧初出

碧梧初出，
桂花才吐，
池上水花微谢。
穿针人在合欢楼，
正月露、玉盘高泻。

蛛忙鹊懒，
耕慵织倦，
空做古今佳话。
人间刚道隔年期，
指天上、方才隔夜。

宋·严蕊

壹

严蕊，她跟他们不一样，跟她们和我们也不一样。

她是个妓女。如果以花语为喻，她的履历表该是这样填着：

"籍贯"：蒲公英

"爱好"：莲花

"配偶"：桃花

"政治面貌"：蕨类植物

……

妓女，是迎来送往的那一类人，流泪咽血的那一类人。写下这两个字时，还会停不住地想写出：罗裙，卷帘，炉烟，花影，胭脂，屏烛，钗环，云鬓，檀板，栏杆……当然还有天如水，夜色阑珊，以及恩情易冷，似寒灰……

妓女的身份贱啊，想要活，就得泼辣着长，好比阳光一倾泻在路上，小雏菊就赶紧开了，明黄的，怯怯的，教人忍不住要伸手。可是怎么舍得摘下？

一首词大概也要从这里开始，与一树花谋宿命。开局与了局，这个过程本身就是花开的欢喜，及阡陌间的相顾又相离，时光因这种天然的暗示变得陈旧。是银饰的那种旧，温润，不语，积劳成疾，还有淡淡的光泽，仿佛可以天长地久，却是白日转黑夜渐渐蒙尘，风霜日盛。

虽然是妓女，严蕊却更像一个贞静的闺秀，坐在大宋的月亮里，绾着柔软的鬓发，缓缓地与一只蝴蝶相会，与一片叶子说话，温柔的眼神，似林间落英纷飞。

论精神生活，她不像妓女；论现实生活，她不像女词人。她自己的词里这么说："道是梨花不是，道是杏花不是。"莫非也有一点自况？多么悲哀，一行烟花句。

她如果不是妓女，或者没有被才华的深井陷住，会不会像邻家捶布卖浆的大嫂一样，得到俗世的幸福，平凡而平静地度过一生呢？不知道。好像那样盛大的美貌和才华禁不起一句假设。说到底，这世上有一些人注定要过一种同世俗生活决裂的生活——在后世，是光荣；在当世，是剐刑。

没有爱人，只有客人。她都老大了，还插着一头的花——她不被允许不插花。人到中年，还不能从容做中年，的确夜长日凄凉。

好在她还有她的词。那些句子住在风里，花一般孜孜不倦地绽放，有香气。它们开起来真是香，香得挺身而出，香得奋不顾身，开多少花也不会让你审美疲劳——她的凛凛不惧将你心神夺去。那些辞句，香了多少年，依旧如有歌声飘过，让路过的风把步子停一停。

一说花，人的语气就慢下来了。就算插在瓶中吧，那也是不错的。黄的，白的，绿的，粉的，开得随意，放在幽深的亚麻布窗帘的背景前，也衬着琴音如水。而此刻，夜深闻私语，月落似金盆……那真是她如云如霞的好时光啊。

骨子里，严蕊真的像严冬里开着的一种花，寂静，冷凝，就着心头的一点热爱，把自己点亮。

这个下午人声嘈杂，但我越过它们，假装只有自己。然而读了一小会儿严蕊就读不下去了——不忍读，也舍不得一次读完。阅读是再创造，这个无可怀疑。有了阅读的快感，读者和作者便纠缠不清地缠绕起来。她在词里说了许多事，一件件，说得安静，说得伤感，说得月光铺下来，霜了一地。

起身，走到楼梯的尽头，我遇见今早开出的花，碎碎的，深红的颜色，是去山里旅行时随便在路边捡的种子，并不知晓它们的名字。它们被阳光照出繁复的花影，被风缓慢地摇晃，一如曾经被她撷在鬓边的样子。

印象里的她会永远在江南，温酒，浅睡，忆梦，填词……其实，她分明远远走了，不在江南也不在塞北。这一刻，却感觉如此之近。世界真是奇妙啊！

被她那些字句拦住的时候，纸上的年月在继续沉醉，化为一枚幽静的月，挂在天上……我在的时候，它们也在。仿若某些事件的久别重逢。只因为宋朝有这样的女子，此身愿意变成个男人，去那里看看。英国史学家汤因比说过"如果让我选择，我愿意活在中国的宋朝"类似的话。谁不愿意呢？

　　它们在纸上各自烟水茫茫，很近，很清浅，然而看下去，忽然不同。就像在柔和的灯下，听某一朵花开放的声音那样神秘。

　　其实，还有一些需要假装出恰如其分的欲语还休。

　　读到她细雨纷纷的句子，像一面山坡上悄悄长出来的，它们以另一种好看的样子在清晨里以排比的温暖使桃花天天牡丹灼灼。也许只有词句可以与时间一起天长地久。

　　把它们搬运下来，听到水珠滴落。词句两端烟水茫茫。水墨消失后，还有一枚淡淡的影子事关春天，比如轻风暖，鸟声碎。她们走到屋后，看见月亮落在井里。那一年，桃花像雨一样飘落。

　　严蕊词作多佚，仅存《鹊桥仙》《如梦令》《卜算子》三首。

《卜算子》最著名，但它的引子却是《如梦令》。

严蕊是官妓，在台州（今浙江台州）一带芳名远播。《齐东野语》这样形容她：

"善琴弈歌舞，丝竹书画，色艺冠一时。间作诗词，有新语，颇通古今，善逢迎。四方闻其名，有不远千里而登门者。"

一个偶然的机会，台州太守唐仲友见到她，当席限她用红白桃花为题目填词。

于是，她就写了一首《如梦令》，才惊四座：

> 道是梨花不是，道是杏花不是。白白与红红，别是东风情味。曾记，曾记，人在武陵微醉。

红白桃花，这是桃花的一种，明李时珍《本草纲目·果部》记："桃品甚多……其花有红、紫、白、千叶、二色之殊。"红白桃花，就是同树花分二色的桃花。

此词妙在虽明白如话，但绝非一览无余，多有可堪玩味之处。"白白与红红"两组叠字，极简练、极传神地写出繁花似锦、二色并妍的风采。"别是东风情味"句却又轻灵宕开，不再从正面著笔，而从花色之美提升为花之风韵独具一格，超拔于春天众芳之上。实在妙笔。

词末以桃花源结束。武陵二字，既借陶渊明《桃花源记》点出此花之名，又道出女词人身份：宋词习以桃溪、桃源指妓女居处。这一句同时也暗示自己志不在红尘，而是向往桃花源的世外清净之意。

太守唐仲友是文人，自然欣赏这份才华。于是，严蕊得到了两匹细绢的奖励。

之后，唐仲友为她和其他三位官妓落籍，允许严蕊回到黄岩（今浙江台州），与母亲一起居住。正当她喜不自胜，准备回黄岩陪伴母亲之际，时任浙东常平使的理学家朱熹却连上六疏弹劾唐仲友，其中罪名之一就包括唐严二人有伤风化。因为官妓乃政府财产，可以歌舞饮宴，却不能私侍枕席。

朱熹严词弹劾唐仲友，说他与妓女相通，自然也牵连到了严蕊。淳熙九年（1182），严蕊被抓捕了。朱熹想要坐实唐仲友的罪行，便对严蕊大用酷刑。重刑拷打了月余，严蕊只有一句话："循分供唱，吟诗侑酒是有的，曾无一毫他事。"就这样，拖了一个多月，朱熹从她嘴里始终没得到什么。于是下令把她转押到绍兴。

绍兴太守是个老学究，见严蕊容貌，断然道："从来有色者，必然无德。"亲自逼供，用上了拶刑——用木棍或者竹棍，以当中穿洞并用线串联，将受刑人的手、足放入棍竹中间，左右两边分别有两个人用力狠狠地收紧绳子。这种酷刑非常容易致残。见严蕊还不招，又令双棍夹其双腿。这份痛楚，想一想就让人无法呼吸。

时人多为严蕊不值。她为了唐仲友的清白受尽酷刑，对方却不曾对她施过一次援手。见她被折磨得奄奄一息，连狱官都动了恻隐之心，劝她说："女人家犯淫，不过是受仗刑罢了，何况你已经受过杖，何必舍着身子，受这等苦楚？"

严蕊却义正词严道："天下事，真则是真，假则是假，岂可自惜微躯，信口妄言，以污士大夫！今日宁可置我死地，要我诬人，断然不成的！"

在严蕊眼中，真假之间没有中间地带，她捍卫的是心中的价值标准与是非曲直，命运可以让她沦为卑微官妓，却不能扭曲她判断对错的标准，夺不走她的自我与灵魂。

尽管痛得死去活来，但严蕊咬紧牙齿，只字不吐，最后几乎死去。官府只得把她关押进牢听候朱熹的发落。朱熹只这一点，就让人生厌。

没过多久，严蕊宁死不招、不肯连累士大夫的事传到了宋孝宗耳里，孝宗于是把朱熹调走了。接任朱熹的官叫岳霖，是鼎鼎大名的爱国英雄岳飞的第三个儿子。岳霖见到严蕊，一面叹服于这位弱女子的血性，一面也十分同情这个才女。听闻严蕊长于词翰，岳霖便要她作诗陈情，严蕊心中百感交集，于是口占了这首后来广为流布的《卜算子》：

> 不是爱风尘，似被前缘误。花落花开自有时，总赖东君主。
> 去也终须去，住也如何住。若得山花插满头，莫问奴归处。

这些句子悲苦，是秋天的烟，时刻准备着转身、消散；或者，是从读到这些句子的人身边氤氲出的一片水汽，隔出距离，不亢不卑。

岳霖听了，大为赞赏，当即令人取了乐籍来，与她除了名字，判了从良。据说严蕊后来嫁给了一个宗室子弟为妾。这位宗室子弟的正室夫人已经故去，纳严蕊为妾后，再未续娶，二人一根一蒂，同心到老。

也有人说，这个故事语焉不详，未必真实，但人心所向，总希望好人得到一个好结局。那我们就相信它好了。毕竟，这个故事的主人公，是那么美好的一个人。

严蕊传世的三首词，都以花为主题。她身上也的确具备了太多花的品质——美丽、洁净、坚强和纯粹。花开的美好，会惊扰许多东西——那样纷繁、恍惚而浓郁的香息，几乎抑制了时光的拉伸。

"若得山花插满头，莫问奴归处"这样的隐忍而决绝。那颗受过太多苦难的心，即便被世态人心冻成冰，也将在角落里自己慢慢温暖，慢慢愈合。

她留存下来的诗词太少，仅仅能凑成一个小小的传说。但在她那一路风尘里，文字也是她至深的寄托吧？那些短短的、有力的小令，像秋天的黄昏，许多阔大的树叶影子打在一面墙上，被斜过去的光线慢悠悠地照着，清晰而悠远。

生命之途上，看似在不同世界的我们其实跟她一样，逃不掉疲怠、怅惘和孤独，心中也不免落满尘埃，但是在某个角落里，我们依然会为自己存留着一个小小的位置，干净的，柔软的，不容旁人置喙的。比如，春天时看到一只淡绿的小蝶停在刚开的蝴蝶兰上，只当是开了新颜色的花；比如，此刻我把心房打开，眯起眼睛，收束神气，静静地写这篇关于严蕊的文字。

搁笔，抬眼，山风涌来，手背上正闪烁着一点点凉凉的什么东西。是小雪吗？

严蕊（生卒年不详），宋代女词人。原姓周，字幼芳，相传祖籍浙江天台。

正史没有关于严蕊的记载。

正史之外的严蕊，相传生于南宋一个书香之家，父亲是一位秀才。幼芳自幼聪慧，饱读诗书。十五岁那年，时值大灾，幼芳父亲联名十几位书生为民请命，要求官府开仓赈灾，态度激烈，被官府镇压。作为罪犯家属，幼芳被发放到台州做营妓，从此失去自由，成为没有良籍的人。

她以"严蕊"为艺名，因为容貌俊美，又善琴棋书画，四方闻名，常有人不远千里慕名相访。

台州太守唐仲友对严蕊有眷顾之意，逢席必召，被朱熹认定两人有私情，违了"官员不得与营妓有私"的法度，要严蕊招供，以弹劾唐仲友。万般拷打，严蕊抵死不认，直至朱熹改任他处，严蕊才被释出狱。后岳霖敬惜严蕊，为她脱籍，还了这个铁骨铮铮的女子自由身。

严蕊词作多佚，仅存《如梦令》《鹊桥仙》《卜算子》三首。其中以《卜算子》最为著名，影响了许多之后的咏梅诗词。

如梦令

道是梨花不是，道是杏花不是。白白与红红，别是东风情味。曾记，曾记，人在武陵微醉。

译释

说它是梨花吧，其实不是；说它是杏花吧，其实也不是。

它有梨花的洁白清雅，也有杏花的红润妩媚，风韵独特，别有情致。

它的本质，其实是不染尘滓的世外之花。可曾记得，当年的渔人曾在武陵源为它沉醉？

名家点评

　　周密：天台营妓严蕊，字幼芳，善琴弈歌舞，丝竹书画，色艺冠一时。间作诗词，有新语，颇通古今，善逢迎。四方闻其名，有不远千里而登门者。唐与正守台日，酒边尝命赋红白桃花，即成《如梦令》。与正赏之双缣。

之十六

陆游

走过千山万水，走不出一座沈园

诉衷情·当年万里觅封侯

宋·陆游

当年万里觅封侯，
匹马戍梁州。
关河梦断何处？
尘暗旧貂裘。

胡未灭，
鬓先秋，
泪空流。
此生谁料，
心在天山，
身老沧州！

北宋宣和七年（1125）二月，金灭了辽，同时大举进攻北宋，东京（亦作汴京、汴梁，今河南开封）保卫战爆发。是年十一月十三日，陆游出生。

宣和这个年号一共七年，是宋徽宗最后一个年号。

或许，这样的出生年代，已经注定了陆游会跌跌撞撞，终生在报国无门的路上行走？

陆游家里几代都很爱国，他的父亲陆宰是一名主战派，曾任京西路转运副使，负责供应泽、潞一带抗金军队的粮草，不久被弹劾而去官。至南宋绍兴十二年（1142），抗金名将岳飞被害，南宋与金国签订和议，向金称臣纳贡。所有人都明白，议和是主旋律。但这一年，十八岁的陆游却与那些精致的利己主义者背道而驰，他坚持主战的政治立场，终其一生未曾更改。这也是他一生潦倒的根源。

高宗绍兴二十三年（1153），陆游参加进士考试，因才华超然，排名在秦桧孙子前面，莫名其妙就得罪了这个恶人，没能得到起用。直到孝宗即位（1162），才赐了个进士出身，但也并未得到重用：先是被派到福州（今福建福州）管文书，做点校对之类的事情，八品芝麻官；然后又调任隆兴府（今江西南昌），做提举常平茶盐公事，掉到九品，更加微不足道。对于官场的倾轧变幻，对于世态炎凉，陆游是体会很深的。

身为主战派的陆游，总是强烈要求抗金，这让一心主和的高宗和秦桧非常不爽。实权派的排斥使得陆游不上不下，颇为尴尬。孝宗即位后，他积极为北伐献策，又因直谏触怒孝宗，被贬到镇江。至主战的张浚北伐失败，与张浚同一阵营的陆游也被罢免，回到老家。哪怕表露政治观点对自己百害而无一利，陆游也不改变初衷，像个执着而傻里傻气的孩子。

直到陆游四十五岁，孝宗才消气，因为才学而重新起用陆游，派去夔州（今重庆奉节），做些无可无不可的小事。好在那时有个举荐制度，可以进入幕府——幕府属军人序列，但没编制。这对于一心想扛枪上战场的陆游来说没关系，管他正式工还是临时工，能抗金就行。

于是，四十七岁的陆游雄心勃勃，接受于川陕任职的朋友王炎的邀请，投身军旅，终于在南郑（今陕西南郑县）过了一把军人的瘾，为报国杀敌热了身；接着他总算得偿所愿，去到抗金一线大散关（今属陕西宝鸡市）——当时南宋向金称臣，年年纳贡，两者疆界东部是淮水，西部就是大散关。无奈好景不长，在主和派掌权的情况下，第二年，王炎被调走，幕府解散，陆游调任成都府路安抚司参议官，又被晾了起来。

光宗继位（1189），陆游复回浙江，在杭州做了礼部的检讨，修修史志，也算钱多事少离家近，可这不是陆游想要的。他不断进谏，仍极力主张抗金。然而如同岳飞的遭遇一样，作为一个杰出的人，总是容易被各种势力迫害。不久，陆游就被冠以"嘲咏风月"的罪名削职为民，回到老家。

沙场点兵，似乎只有眨眼工夫，陆游却终生都在整装待发——大散关的军旅生活，是陆游一生中唯一的一次亲临前线、力图实现爱国之志的军事实践，这段生活虽只有八个月，却给他留下了最深刻的记忆。

南宋嘉定二年腊月二十九日（1210），陆游八十五岁了。他白发凌乱，贫苦不堪，却"僵卧孤村不自哀，尚思为国戍轮台"，招呼孩子们围坐过来，递给他们一首《示儿》，叮嘱："等到我们收复国土之时，一定别忘了来坟上告诉我一声啊！"然后，憾而辞世。

人生像一匹布，很多时候，还没展开，就到了要收起的时候。从襁褓，到殓衣，一边缝了一边拆开，就像一边活着一边死去。

谁能不死呢？死是这世间最大、最不可把握的悲凉。哪怕是个孩子，一想起自己将来定死无疑，也会茫然无告。陆游却一心想着死。谁的一生不是求全得缺的宿命呢？但如同陆游一般，憾恨这么强烈的，不多。"报国欲死无战场"是其一，其二就是，空负了"满园春色宫墙柳"。

陆游与他的发妻唐婉本是表兄表妹，两人青梅竹马，情深意浓。

大约高宗绍兴十四年（1144），二十岁的陆游将十七岁的唐婉娶进门，婆婆却渐渐不喜欢这个儿媳了：这小夫妻俩太腻歪，成日里浓情蜜意，这样，岂不是消磨了自家儿子的壮志雄心？于是，婆婆以耽误儿子求取功名为由，让陆游休妻。

我们在现代，自然可以看到这是婆婆的嫉妒。至孝就是愚孝，但在宋代，孝为百善之首，道学伦理面前，有勇气驰骋沙场的陆游无还手之力。迫于母命，陆游忍痛休妻，亲手送走了自己挚爱的人，又接受母亲安排，娶了王氏千金。

以唐婉的资质才华，原就不乏倾慕者。离开陆家后，唐婉改嫁给了以前的追求者赵士程。赵士程为皇室宗亲，宋太宗玄孙赵仲湜之子，待唐婉温柔体贴，用情极深。迎娶唐婉后，赵士程在公务之外推掉所有应酬，将所有时间都陪着唐婉唱和诗词，游弋山水。锦衣玉食，良人在侧，唐婉渐渐地从心如死灰中恢复了生机。

但是命运并不准备放过世间的痴情人。

十年后的一个春天，唐婉与赵士程游沈园，与落魄潦倒的陆游不期而遇。赵士程温厚豪爽，知陆游、唐婉旧事，遂备下酒菜相请。

唐婉斟酒奉与陆游，陆游见眼前伊人依旧，却已是咫尺天涯，心中百感交集，提笔在沈园壁上题下一首《钗头凤》：

红酥手，黄縢酒，满城春色宫墙柳。东风恶，欢情薄，一怀愁绪，几年离索。错！错！错！

　　春如旧，人空瘦，泪痕红浥鲛绡透。桃花落，闲池阁，山盟虽在，锦书难托。莫！莫！莫！

　　这样的一阕词，是从心里掘的一眼泉，汩汩红泪一样喷出，带着某种怅然的清醒；又似乎是黄昏时穿过尘土的风，轻易地就卷裹起无望的深愁，直接，沧桑，让人在凄怆里手足无措，不知如何接近。

　　陆游一生决意做纯粹的诗人，鄙薄词，不屑费太多精力，然而说情感，还是借助了这个形式。掷笔而去的他无法得知，后来，唐婉孤零零地在粉墙下站着，将《钗头凤》看了一遍又一遍。那些字句御风而来，兜头砸下，它们反复溃散，重生……再没个终了。

　　沈园相遇之后，唐婉回家就病倒了。赵士程日日守在床边，给她找最好的大夫，满足她想要的一切，尽力逗她开心，可唐婉终究还是郁郁而逝。

　　很多年后，陆游重新步入沈园，才发现残墙上竟有唐婉附阕的《钗头凤》，就像黄昏的时候，心上的她盘起的发髻斜斜地在光影中松松地垂落：

　　世情薄，人情恶，雨送黄昏花易落。晓风干，泪痕残。欲笺心事，独语斜阑。难！难！难！

人成各，今非昨，病魂常似秋千索。角声寒，夜阑珊。怕人寻问，咽泪装欢。瞒！瞒！瞒！

这样深切的愤恨之情！这样浓郁的别离相思之意，让他们穷尽一生追忆。而他的爱人郁郁成疾，早已离他而去。

《钗头凤》的故事里，很少有人提起唐婉改嫁后的夫君赵士程，这个用全心待唐婉一生的人。唐婉逝后，赵士程为她守灵三年，哪怕贵为皇家宗室，哪怕家境优渥，哪怕提亲的人踏破了门槛，任凭家里的压力再大，也没有再娶，也没有再对别人动过心思。之后，赵士程投笔从戎，一心报国，直到战死沙场。

一个人可以重新步入沈园，可另一个人，却再也不能回来。世事漫随流水，算来真是大梦。四十年，一霎的轻别，竟是生命无法弥补的错。

这一错，是春如旧，人空瘦；是桃花落，闲池阁；是山盟虽在，锦书难托；是人成各，今非昨；是雨打病魂，咽泪装欢……想起那两阕很简易的词，所有的喧哗，外面的和内心的，都停息下来。前年在海边，夜里看到月亮从海上升起，美丽而伤感，也是差不多的感受。这是种敛去锋芒的美，似乎永远明澈平静，其实一直一直，波涛汹涌。

断墙上，两首《钗头凤》相守相望，哀哀不绝，叫看见的人无不伤情。它们每每被雨打风吹掉，就被后辈的人再书写一遍，谁都舍不得它们分离。

再后来，光宗绍熙三年（1192），六十八岁的陆游在做过了一百个铁马冰河的梦，写过了一万首王师北定的诗歌后，再次回到沈园，写下《禹迹寺南有沈氏小园》：

> 枫叶初丹槲叶黄，河阳愁鬓怯新霜。
>
> 林亭感旧空回首，泉路凭谁说断肠。
>
> 坏壁醉题尘漠漠，断云幽梦事茫茫。
>
> 年来妄念消除尽，回向禅龛一炷香。

诗前有小序，云："禹迹寺南有沈氏小园，四十年前，尝题小阕壁间，偶复一到，而园已易主，刻小阕于石，读之怅然。"

于是他"每入城，必登寺眺望，不能胜情"。

再后来，宁宗庆元五年（1199），唐婉去世四十年、陆游已七十五岁时，他干脆住在了沈园附近，如此可以朝夕看得见沈园：

城上斜阳画角哀，沈园非复旧池台。

伤心桥下春波绿，曾是惊鸿照影来。

梦断香消四十年，沈园柳老不吹绵。

此身行作稽山土，犹吊遗踪一泫然。

她逝去，一切就都逝去了；多少年后，自己回来，她依然披着一身月色在那里等待。

宁宗开禧二年（1206），八十二岁时，陆游走路都腿脚踉跄了，眼睛也开始看不清墙上字迹，可《十二月二日夜梦游沈氏园亭》，依然字字来自心间：

路近城南已怕行，沈家园里更伤情。

香穿客袖梅花在，绿蘸寺桥春水生。

城南小陌又逢春，只见梅花不见人。

玉骨久成泉下土，墨痕犹锁壁间尘。

沈园数度易主，人事风景全部改变了昔日风貌，他还在思念——就在去世的前一年，他还在怀念——宁宗嘉定二年（1209），八十五岁那年春日的一天，沈园又经过一番整理，景物大致恢复旧观，他写下了最后一首沈园诗：

> 沈家园里花如锦，半是当年识放翁。
>
> 也信美人终作土，不堪幽梦太匆匆！

诗句如同大雨欲来时那阵又腥又湿的风，急速而分明。

这个以天下为己任，梦里也在杀敌的男人，走遍山山水水，却走不出一个小小的沈园。锦绣灰，公卿骨，相思不死。让他梦也梦不完、写也写不完的，除了铁马冰河，就是他的爱人。他虽然没能有勇气不顾一切地追求，却做到了不顾一切地纪念。

多少年后，依然有人因了他们而静静地倾听。多少年后，我们来在这个园子里，只能用一个与他相视的姿势，在夜雾弥漫的江水边坐着等他悄悄来临——也许过一会儿他就会来——穿过风，带着他的爱人涉水而来。

这真是一种令人窒息的爱情，听起来像假的，打击着世间所有疑窦丛生的所谓"爱情"，像一纸遍布四野的通缉令。从另一个角度来看，能在生前被无条件地爱宠，死后不断被人真心怀恋，唐婉也算有幸。

或许可以当这个故事是一个遇见的梦境。世界本就是一个巨大的梦境。也许它真的存在，只是我们无法预见，也无福遇见。所以，当成一个故事来听，更能山崩地裂。

四十年、五十年、六十年……沈园的一生里，数度易主人。时间走动了，沈园没走动，隔了半个多世纪的昏黄望过去，沈园还在那里，寸步不离，守着一段一人高、五米长的矮墙，以及上面簪着的一双玉钗。

其实，许多时候，我们可以清楚地听到时间的走动——急驰的车，移动的花影，手边的旧照片，渐渐容易疲倦的身体，门前日益粗大的树木……它们不是急速，只是缓和、从容不迫、无情地走动。它沉默地带走一切：带走冷暖，带走阴影，带走明媚，带走证据，直至死亡不疾不徐地到来。于是灰飞烟灭，最刻骨的记忆也将随风而去。此时你若转头看花，会不会同意：所有的盛世红颜都有光华流转，如花美眷也只是似水流年？

沈园，沈园，是他能望见灯火却一生回不去的家。它生根在那些平仄韵脚里，墙头上飘着谁为谁而白的华发。如果可以选择，但愿原本就没有《钗头凤》，也没有什么劳什子沈园！

陆游（1125—1210），南宋诗人、文学家、史学家。字务观，号放翁，越州山阴（今属浙江）人。自言"六十年间万首诗"，集中存诗共九千多首，为现有存诗最多的诗人。

生逢北宋灭亡之际，深受家庭爱国思想熏陶。自小好学，十二岁即能诗文。绍兴年间赴临安应试进士，取为第一，位列秦桧的孙子秦埙之前，被秦桧除名。秦桧死后，陆游才出任福州宁德县主簿。

孝宗即位后，欣赏陆游的才华，赐进士出身，调任枢密院编修官，后历任通判、安抚使、参议官、知州等职，官声极好。有过短暂的军旅生涯，是他一生的向往和怀念。后遭弹劾，罢职还乡。再后来调任严州等地，又多次被罢职还乡。此后蛰居农村，直到与世长辞。

与发妻唐婉情深意笃，但因为唐婉不见容于陆母，被迫分离。一段情事，传为千古绝唱。

陆游一生笔耕不辍，诗词文成就很高。其诗语言平易晓畅、章法整饬谨严，对后世影响深远。词与散文成就亦高。现存词一百四十余首。

书名为诗名所掩，工书翰，精行草和楷书。

有《剑南诗稿》《渭南文集》等数十种文集存世。

陆游代表作

卜算子·咏梅

驿外断桥边，寂寞开无主。已是黄昏独自愁，更着风和雨。

无意苦争春，一任群芳妒。零落成泥碾作尘，只有香如故。

译释

一树幽梅在驿馆外断桥边开放。正是日落黄昏时，凄风苦雨不断地扑打在它身上。

梅不想去争夺春光，任百花妒忌中伤。纵然飘零满地粉身碎骨，也留下幽芳馥郁远播四方。

名家点评

杨慎：（陆游词）纤丽处似淮海，雄慨处似东坡。

朱熹：放翁老笔尤健，在当今推为第一流。

杨万里：君诗如精金，入手知价重。

之十七

辛弃疾

用一生的时间整装待发，却不曾启程

青玉案·元夕

东风夜放花千树，

更吹落、星如雨。

宝马雕车香满路。

凤箫声动，玉壶光转，一夜鱼龙舞。

蛾儿雪柳黄金缕，

笑语盈盈暗香去。

众里寻他千百度，

蓦然回首，那人却在，灯火阑珊处。

宋·辛弃疾

南宋最杰出的"豪放派"诗人，是辛弃疾。

时代的杰出者，这是个严酷的标准。而辛弃疾样样符合。哪怕每一个时代都有对"杰出"的不同标准，他硬是靠自己的操守和骨气，不用削足适履，就穿得上各个时代的鞋子，当得起"杰出"两个字。

还在青年时期，辛弃疾就曾带领五十骑直闯数万敌军的大营深帐，刃如霜，马如龙，却金兵，封瀚海，擒拿叛徒张安国交由南宋朝廷处决。

而文字就是辛弃疾的菩提。他通过一支笔来诵他的"咒"，破除一切的幻象，而趋近诗的实相。他以对生命复杂而深邃的思索，形成自己为人和为文的巨大张力。

他说出的那些略显絮叨的话语，甩开了时间的限制以及所有的荣辱成败，自顾自在那里博大敞开，不必补给却永不干涸，如同浪一遍遍地擦拭着海岸，湿漉漉的风飞去召唤熟睡的房屋和树木，直到它们睁开眼睛。

诗人刘过曾这样为老年辛弃疾画像，"精神此老健如虎，红颊白须双眼青"，真有老将廉颇的雄风。那正是一位真正的战士的样子。即便在被夺去枪的时候，他也将笔做枪，与自己的一生命定做尽了不屈的抗争。

辛弃疾是宋词史上创作最多的作家，什么都可以纳入笔下三寸之地——就连骂儿子也可以写成词。然而辗转在那个时代里，他空有纵横天下的文韬武略，一身抱负却无法施展，最后在江湖风雨中渐渐两鬓斑白，只剩那种言语无法表达的愤懑，报国的壮志就这样一点一点被蚕食，消失在山高水长的羁旅之中，只在中夜月明霜冷露寒的时候，轻抚着一泓秋水似的吴钩，踱步长叹，听着它发出不堪寂寞的铮琮的啸鸣。

楚天千里清秋，水随天去秋无际。遥岑远目，献愁供恨，玉簪螺髻。落日楼头，断鸿声里，江南游子。把吴钩看了，栏杆拍遍，无人会、登临意。

休说鲈鱼堪脍，尽西风，季鹰归未？求田问舍，怕应羞见，刘郎才气。可惜流年，忧愁风雨，树犹如此！倩何人、唤取红巾翠袖，揾英雄泪！

——《水龙吟·登建康赏心亭》

辛弃疾出生的时候，北宋已经灭亡。中国北部全部被金人占领，他的故乡济南成了沦陷区。他出生的第二年，南宋皇帝赵构和宰相秦桧，处死了抗金名将岳飞，与金国订立了和约。这样的时代背景，决定了热血诗人一生困惑而悲烈的命运——他一生没能展开翅膀飞翔。横扫敌营擒拿张安国那次，也顶多算是低空腾跃。

辛弃疾因为主战，从一开始就遭到投降派的排挤，他那施展雄才大略来为恢复大业出力的愿望屡屡落空。一生中，辛弃疾遭受的打压排挤多达二十多次。

开禧二年（1206），蒙古帝国建立，朝廷任命辛弃疾为绍兴府知府兼浙江东路安抚使，他辞而不就。当年十二月，朝廷又任命他为江陵知府，并诏命上任前先上朝奏事；奏事后，又将他升至兵部侍郎，他两次上章辞免。

回到铅山后，他病倒了。到开禧三年（1207）九月十日，新的任命诏书飞奔到了铅山脚下，可此时这位蛰伏一生没能施展抱负的将军已病入膏肓，几次在昏厥中坐起来，大呼"杀贼，杀贼"，然后带着天大的恨憾离开了人间……

这场未及实施的起用没能令他达成壮志，反而累及身后：他去世仅仅一年，由于韩侂胄北伐的失败，南宋朝廷追究责任，于是有人上书参奏已不在人世的他："迎合开边，请追削爵秩，夺从官恤典。"仿佛望风遁逃才是明智，主战迎敌反而成了历史罪人。

不得不提的是，诗人去世六十四年之后，南宋朝廷已到了末世之秋。度宗咸淳七年（1271），与文天祥齐名的大诗人谢枋得担任史馆校勘，邀集了一批辛弃疾忠实的追随者十九人，去铅山金相寺后辛弃疾祠堂祭奠他的英灵。

祭祀完毕，天色已晚，谢枋得一行人回寺中宿歇。夜半时分，众人突然被祠堂里传来的大声疾呼惊醒，声音时而尖锐，时而悲切，恰似吟其不平。谢枋得于是披衣而起，秉烛作祭文：

> ……二圣不归，八陵不祀，中原子民不归王化，大仇不复，大耻不雪，平生志愿百无一酬，公有鬼神，岂能无抑郁哉？六十年来，世无特立异行之士为天下明公论，公之疾声大呼于祠堂者，其意有所托乎？枋得倘见君父，当披肝沥胆以雪公之冤！

据传祭文读到这里，门外悲鸣大呼之声倏忽全无。

辛弃疾生前有句："半夜一声长啸，悲天地，为予窄！"的确，对于被赞为"词中之龙"也堪称"人中之龙"的好男儿来说，在他的生前身后，都没有一寸天地，可以供他立马横刀，为国家尽忠。

谢枋得作过这篇祭文之后，恳请朝廷给诗人加赠太师之衔。最后辛弃疾终于得谥"忠敏"。然而，这也是南宋临安小朝廷覆灭前的最后一任皇帝，最后一个年头。

辛弃疾的整个一生，时刻准备着出发，然而，最后只能原地踏步，任时间流去，一寸寸，老尽少年心。

看这一首《清平乐·独宿博山王氏庵》，就知道他的感慨了：

> 绕床饥鼠，蝙蝠翻灯舞。屋上松风吹急雨，破纸窗间自语。
> 平生塞北江南，归来华发苍颜。布被秋宵梦觉，眼前万里江山。

饥鼠绕床，发出窸窸窣窣的声音，蝙蝠翻灯，翅膀上下拍舞：他用这极不讨好的角色开篇，使情感的定位在乍读之下就无法快意——太晦涩，太阴暗，太诡异，太曲折，太孤寂。室内如此，室外还能怎样？松风起吹，急雨倾盆，破窗纸语，叫人百般酸涩入心，再不能入睡。

这首词在大诗歌的概念里是特异的。一首诗摒开意趣妙处不谈，撇开神笔丹心不论，首先要算得上诗，它就必须具备诗的基本特征，即意象存在的价值，至少也该有入诗的资本。中国的诗歌在唐代达到登峰造极的境界，后代的人难以在此基础上再创辉煌，于是，文人们开始绞尽脑汁从侧道入手，为了追求诗的新异性，大大拓宽了诗的体裁和题材，便有了我国文学史上与唐诗、元曲成三足鼎立的宋词。

257

宋代极注重美感，所以我们看到的宋词唯美的居多。即使是悲伤，是绝望，它用诗的笔法去表达，加深这浓烈，也是体现一种悲剧美，即撕碎的美，它依然属于美的范畴。后来有诗人想彻底颠覆美，另辟蹊径，发展到描写苍蝇的生活习性，描写垃圾的难闻气味。然而在辛词这里，饥鼠、蝙蝠入诗并不让人讨厌，甚至添了一层别样的厚实沉重。

越往下看，心越觉寒，竟有无言以对的悲哀。

辛弃疾出生在济南，是一个北方人，但他大部分时间在南方寓居。然而他一辈子都在描写北方沙场，却都是想象而已，这是怎样的悲哀与冰冷？

他总在流浪，沉在无比破败的心境里不能自拔。流浪的人最易蔓生出孤独感。寂寞和孤独在本质上是不同的生命体验，寂寞是世俗烟火的情绪感，是人皆有的源自本能的感受，孤独则是超越一般情绪，升华为融于天地的深沉情感。

辛弃疾这首《清平乐》一出，这份孤独就隔着千年之遥，从宋代直接来到我们的眼前。

这份孤独中还夹杂着被团揉成一小把的万丈豪情，在一片嘈杂中尤其显得孤独，与周遭格格不入。

忽而就懂了当年杜工部破碎又凝沉的哀伤。他寥落干枯的风貌至今还刻在那遥远的草堂。只有同样心地光明如雪而内藏深情的人，才会有不为一己之私的深痛。

《破阵子·为陈同甫赋壮词以寄之》是辛弃疾的伤口：

> 醉里挑灯看剑，梦回吹角连营。八百里分麾下炙，五十弦翻塞外声，沙场秋点兵。
>
> 马作的卢飞快，弓如霹雳弦惊。了却君王天下事，赢得生前身后名，可怜白发生！

这首词首先是"壮词"，尤其是前面九句，壮怀激烈——是这么激烈，他激发自己身体里潜在的骚动与混乱，像每根血管里都藏着一头豹子或者狮子，潜伏在森林和月光里，随时跳出，咬断猎物的脖颈。每个句子都处在蓄势待发或是噼啪盛开的状态，让我们忍不住猜测，一个老去的人，如何将这种热情保持得如此自然而饱满，并以完整的自信将它实现？他所发出的声音是一个民族所能发出的最剽悍的声音，男人的声音。这种遗风，我们从《黄河大合唱》里还能领略一二。

在这首词里，那些出征的将士，都是把军饷稀里哗啦一股脑儿丢在战壕里一跃而出的人。前面九句一气呵成，兴高采烈、雄姿英发，词中密集的军事意象群，连续成雄豪壮阔的审美境界，有着无以言表的精神力量之美和崇高之美——这个时代最缺乏的力量与美。

但最后一句"可怜白发生"，却让前面九句句句中箭，轰然倒下，似乎是猛然穿过隧道，到了时光丛林的另一端，明明白白使前面的愿望全部落空，全部成为泡影。前面九句越兴高采烈、酣畅淋漓，最后一句越哀痛蚀骨、悲剧重重。

这样的行文结构，不但宋词中少有，在古代诗文中也很少见。诗人这种出乎意料的表达不但表现了诗人的独创精神，而且正契合了他的情感起伏和政治遭遇，形成了某种特异的景致。而一个单纯的抒怀，在被持续的关注和不断翻转的高潮中，迎来它最终的结局时，它的魅力往往因为起伏不定的安排，而扩展到了场景和叙述的范围之外。

在古代中国，知识分子有"士"的传统，一直都有着政治人和文化人的双重身份，有一种护"道"的社会理想，他们想承担起批判政治、引导舆论的任务。特别是身处乱世之时，知识分子以武功卫国、文治立国的欲望就表现得尤其明显。辛弃疾就是其一——他请战杀敌，他上表进谏，代表了一名"士"——战士和文人双重的忠诚。而这双重的忠诚遭遇拒绝时，伤痛怕也是双重的了。

辛弃疾政治上的处境不佳，一生都不得意。除了青年时昙花一现的英雄壮举，值得骄傲的，就是他在湖南任职期间，冲破各方面的阻挠，仅以数月功夫就建立了一支精锐的"飞虎军"，使"北虏颇知惮畏"。此时，他给孝宗皇帝打了一份报告，题为《论盗贼札子》，里面提道："臣生平刚拙自信，年来不为众人所容，顾恐言未脱口而祸不旋踵……"他处处受到统治集团的排斥、打击，经常有人弹劾他，所以常常是自己话还没出口，灾祸就接二连三地来了。

从四十二岁时起，辛弃疾被贬江西，到五十二岁，他在上饶一共住了十年，加上镇江等地的贬谪废居，他等待了将近二十年——是多么难熬的二十年啊，无论做着什么，每天都会有一个近乎强迫症的瞬间，侧耳倾听，有没有传递朝廷起用他领兵的圣旨的马蹄声传来。在越来越失望的等待中，他非常渴望摆脱暗无天日的官场生活。然而，他也清楚地知道，这是不可能实现的——除了政敌口中的冷箭，更重要的是自己放不下——他不能放弃从敌人手里夺回失去的河山，以雪国耻的理想，绝不能！

千古江山，英雄无觅、孙仲谋处。舞榭歌台，风流总被、雨打风吹去。斜阳草树，寻常巷陌，人道寄奴曾住。想当年，金戈铁马，气吞万里如虎。

元嘉草草，封狼居胥，赢得仓皇北顾。四十三年，望中犹记，烽火扬州路。可堪回首，佛狸祠下，一片神鸦社鼓。凭谁问，廉颇老矣，尚能饭否？

——《永遇乐·京口北固亭怀古》

如果他从一开始便知道，就算绝不放弃理想，也将抱憾终老，那么，他还会那么倔强地坚持吗？大抵说来，这个世界，如果以命相搏，很少有不成的事。而辛弃疾的一生所求，即便以命相搏，终是未成。

"国家不幸诗家幸，赋到沧桑句便工"。但其实，这是诗歌的有幸，于诗人却是悲剧。

金戈铁马之外，辛弃疾也是一个和大地有着亲近感的诗人，他注视世界的眼睛充满善意和温存。因此，在他的田园词中，处处浸染着他的情绪。他的词就是他造就的风景，美到极致，却朴素简单。乡村景色与诗人的笔墨之美相结合，产生了另一种美——基于现实又高于现实的美。

看这一首《清平乐》：

茅檐低小，溪上青青草。醉里吴音相媚好，白发谁家翁媪？

大儿锄豆溪东，中儿正织鸡笼。最喜小儿亡赖，溪头卧剥莲蓬。

这首词，整个图景像是画在瓷器上。它看上去是这样光洁、润泽，饱含汁水而天真动人。如果一个人的心是天真动人的，他的文笔也会变得天真动人。

上片第一、二两句是诗人眼中所见，镜头稍远。低小的茅屋，一个普通的农家，一家五口：老两口，仨孩子。茅屋边是一条小溪，溪上青草茂长，清静优美。诗人将一条覆满荷叶、莲蓬的清溪纵贯画面的中心，这一点颇似西洋画法中的焦点透视，其他的景物都由这"溪上""溪东""溪头"铺展开去。连用了三个"溪"字，就使得词作画面的布局十分紧凑。"溪上"细草茵茵，茅檐低小，"溪里"荷叶连片，莲蓬碧绿，满眼望去，生机蓬勃。

三个儿子，在诗人的镜头里一一展现：

大儿子显然已经是这个家庭的顶梁柱，郑重其事地做着诸如锄豆这样的大件农活儿，二儿子也可以做做副业，干织鸡笼这样的轻便的活计了，这些场景都是轻快而短暂的闪回，而最后定格的，是小儿子：他无拘无束地卧在溪头青草上，跷着脚剥莲蓬吃呢。

诗人侧笔，留下了大片空白，让读者自行补充只属于各自的想象：走近这低小的茅檐，就听见了屋中带醉意的谈话声，温柔又美好。吴音本来就婉转动听，何况带有醉意后，更细密安详，如同吟诗。可是一看见屋中叙家常的人，又出乎意料——原来这样暖暖软软地交谈的，不是少年情侣，竟是一对白发的老夫妇。

这些牧歌似的劳动场景，语调欢快亲切，内容明丽鲜活，与诗人一首《鹧鸪天》中的"城中桃李愁风雨，春在溪头荠菜花"正是同一机杼，其间还充盈着生命的慈悲和激越，达观和从容。艺术的形象的有力无力，并不在采用的情节多寡，而在那些情节是否有典型性，是否能作为触类旁通的据点，四面伸张，伸入现实生活的最深微处。能做到这一点，便是言有尽而意无穷了。我们说中国的诗词语言精练，指的就是这种广博的代表性和丰富的暗示性。

辛弃疾，这个男人中的男人，这个诗人中的诗人，不要问为什么他满面风霜，也不要问他为什么不停吟唱。一以贯之的沉郁和不时闪现的愉快相叠加，才是一个完整的辛弃疾。我们热爱这样的辛弃疾。

词人
小传

辛弃疾（1140—1207），南宋将领、文学家，历城（今属山东）人。原字坦夫，改字幼安，自号稼轩居士。与苏轼合称"苏辛"，与李清照并称"济南二安"。

辛弃疾出生时，中原已被金人攻陷。其祖父"累于族众"，无法南下，遂仕于金国，但常常教育后代不忘故土。辛弃疾从小就立志收复国土，弱冠之年即组义军，带兵南下投奔南宋朝廷，立下战功。

但辛弃疾豪迈倔强的性格和执着北伐的热情，却使他在官场难以立足，"归正人"的身份也让他仕途尴尬。虽有出色的才干，但其官职止于从四品龙图阁待制，不能继续升迁。

四十二岁时，辛弃疾因受弹劾被免职，归居江西上饶。此后二十年间，除了有两年一度出任福建提点刑狱和福建安抚使外，其余时间都在乡闲居，直至辞世。时势对英雄的无情，莫过于使其无所作为而终老。

辛弃疾词作极多。强烈的爱国主义思想和战斗精神是辛词的基础。

辛词在苏词的基础上进一步扩展，几乎达到无事不可入词的地步，将豪放词推到了一个顶峰，形成了以个人特色为标准的辛派词人群。后人赞美他："稼轩者，人中之杰，词中之龙。"

现存词六百余首，为流传至今词作最多的词人。

著有《稼轩长短句》。

辛弃疾代表作

丑奴儿·书博山道中壁

少年不识愁滋味，爱上层楼。爱上层楼，为赋新词强说愁。

而今识尽愁滋味，欲说还休。欲说还休，却道天凉好个秋。

译释

青春年少时不懂什么是忧愁，但是为了作诗填词，总是喜欢登上高楼，故作深沉地强说忧愁。

如今已遍历风雨，尝尽坎坷滋味，才发现满腹忧愁根本无从言说。几次话到嘴边又忍住，只是轻描淡写地道："好一个凉爽的秋天啊！"

名家点评

陈亮：眼光有梭，足以照映一世之豪。背胛有负，足以荷载四国之重。出其毫末，翻然震动，不知须鬣之既斑，庶几胆力之无恐。

刘克庄：公所作，大声镗鞳，小声铿鍧，横绝六合，扫空万古，自有苍生以来所无。其秾纤绵密者，亦不在小晏、秦郎之下。

刘辰翁：自辛稼轩前，用一语如此者，必且掩口。及稼轩，横竖烂熳，乃如禅宗棒喝，头头皆是；又如悲笳万鼓，平生不平事并厄酒，但觉宾主酣畅，谈不暇顾。词至此亦足矣。

之十八

姜夔

野云孤飞，羁旅江湖的一生

疏影·苔枝缀玉

宋·姜夔

苔枝缀玉，有翠禽小小，枝上同宿。

客里相逢，篱角黄昏，无言自倚修竹。

昭君不惯胡沙远，但暗忆、江南江北。

想佩环、月夜归来，化作此花幽独。

犹记深宫旧事，那人正睡里，飞近蛾绿。

莫似春风，不管盈盈，早与安排金屋。

还教一片随波去，又却怨、玉龙哀曲。

等恁时、重觅幽香，已入小窗横幅。

风从水面吹来，岸上灯火无际。临湖而坐，听着从远处传来的曲子"旧时月色，算几番照我，梅边吹笛"，抬眼一望，窗外雪下得像梅花，落英缤纷。一时间，不知那正唱着的、正落着的，是梅是雪，是你是我。

那些在灯火下被人反复吟诵的诗词，那些被手一一触及的花朵，一直在飘落。世上梅开次第，而光阴刹那流转，一去已经许多年——伴着《疏影》成《暗香》，那个叫姜夔的人也是极爱梅的。

抛开诗词水平，就爱梅的痴劲儿，可以说，除却林逋林君复，即到姜夔姜白石。两个同样为梅所系的灵魂，不知从前、现在和未来，模糊掉了一切背景，只记得梅。他们什么都不顾，为了梅，远山远水两两联手，十指扣合，圈成一个圆，相互做了铺陈、强调和呼应。

丙辰之冬，予留梁溪，将诣淮南不得，因梦思以述志。

人间离别易多时。见梅枝，忽相思。几度小窗幽梦手同携。今夜梦中无觅处，漫徘徊，寒侵被，尚未知。

湿红恨墨浅封题。宝筝空，无雁飞。俊游巷陌，算空有、古木斜晖。旧约扁舟，心事已成非。歌罢淮南春草赋，又萋萋。漂零客，泪满衣。

——《江梅引·人间离别易多时》

中国人对一棵树的解读已经达到了生命的本体——从树的气象与境界，转到一种对生命本体的歌颂，对生命本体的认知关乎生命精神，对梅的表达亦是如此——情绪符号全部能放进这棵树里面。这种表达给了艺术家们更大的空间、更多的可能。因此，虽然梅是所有人的梅，但每个人的梅又都不同，每个人都有他自己的梅，或者干脆就是他自己。不信，去看看林君复、姜白石笔下的梅，即使盖住作者名字，你也不会混淆他们的文字。

这话听起来像悖论，然而以强烈的悖论去表达，也是中国艺术乃至中国哲学的特色之一。

古今人之言行不一者比比皆是，然而，姜夔是极少撒谎的。他的诗也不是一堆技巧加学识的拼凑，只言为心声；且水准稳定，几无下品。这特别不容易。

非但诗词，姜夔的散文、书法、音乐水平都很高，创作力之盛让人咋舌。尤其作曲，可以自己写词自己配曲，抱上琵琶就能唱，厉害了！词风有些像鬼才李贺的诗风，用词清冷，颇多因袭——李贺有"疏桐坠绿鲜"，姜夔有"疏桐吹绿"；李贺有"病骨伤幽素"，姜夔有"相看转伤幽素"……不过，李贺的诡谲绝望，姜夔化成了凄美空灵；李贺的换韵频繁，姜夔化成了朗朗上口。

只是，纵然才华盖世，姜夔的一生际遇，却一直离不开一个"穷"字。年少时，家庭就穷，长大结婚了还穷；老了更穷，以至"穷不能殡"——死了都出不起殡。

说起来，的确是命途多舛。

姜夔的父亲是绍兴三十年（1160）的进士，辗转江西、湖北，来回当知县，可是姜夔还只有十四岁，父亲即一病身亡，母亲则早在他幼年就离世了。姜夔只有跟随姐姐，艰难长大。

幸好他爱诗爱音乐，算是拔苦与乐。可惜不读圣贤书，在别人眼里，全是旁门外道，所以，屡试不第也就顺理成章。

淳熙十三年（1186），是姜夔命运的第一个拐点：诗人萧德藻欣赏他的才华，将自己的侄女许配给他，并带着他们调任湖州（今浙江湖州）县令。

第二个拐点随之而来：赴湖州途中，路经杭州，萧德藻带着姜夔拜会诗友——不是别人，是当时名满天下的诗人杨万里。当时杨万里的"接天莲叶无穷碧，映日荷花别样红"无人不知无人不晓。杨万里十分赏识姜夔的才华，又将姜夔介绍给了范成大，范成大也对姜夔的作品大加赞扬。

得到两位诗坛大家的肯定，姜夔自信了，出名了，也有闲心四处游历了。湖州居住十多年，他将周边游了个遍，创作大量相关诗篇，连辛弃疾都慕名叹服，与之相互酬唱。

庆元二年（1196），姜夔迎来命运的第三个拐点——只是拐点可以朝上，也可以朝下：萧德藻被侄子接走。这一下，姜夔在湖州就变得没了依靠，于是搬家到临安，与朋友张鉴相伴。张鉴家境优渥，有欣赏姜夔的慧眼，也有照顾姜夔的财力，是姜夔晚年最好的朋友。可惜两人相伴没几年，张鉴仙逝，姜夔又孤苦无依了。嘉泰四年（1204），临安一场大火，烧掉了南宋中书省、枢密院等中央机构，连带两千多民户也遭了殃，姜夔的房子不幸也在其列。

至此，姜夔彻底失去了存身之所，也没有了经济来源。

火灾后十七年，姜夔离世，竟只能靠朋友吴潜等人捐资，才勉强葬在钱塘门外。这是他居住了十多年的地方。

我从《扬州慢》里认识的姜夔，是一个情痴。他的痴情，不同于尾生的壮烈，而是历久弥新的深切。

青年时，姜夔游历合肥，遇到一对善弹琵琶的姐妹。虽然是青楼女子，但艺术上的共鸣引发了他心里的情愫，姜夔与姐妹俩日益情浓。只是姜夔自身经济就捉襟见肘，无法给两姐妹安身之所，他自己也不能在合肥久居。

再后来，姜夔找到机会，重去合肥寻找这对姐妹时，已是云水遥遥，伊人不知所踪了。

对于这对合肥姐妹，姜夔一直难以忘怀。这份遗憾刻在他心里，难以揩却，又难以言之，唯有化为词中意绪。据统计，姜夔一生填词八十多篇，其中有二十多篇是在说这对姐妹。他用了自己作品的三分之一的分量，来诉说那段爱情，来记述我为你踏雪而来，你为我暗香浮动这一件事。

那段爱情，分明也带着梅的气息。

休言此物不相思。姜夔的梅词与一般的恋情词不太一样，不涉具体事件，不摹写细节，更不打情骂俏，只是带着模棱两可的气息，还多了一层冷。有时竟像悼亡词。

梅在中国的古典美学中是一个高古不群的存在。冷，凋谢，死亡，悲哀……这成为中国古典美学意象中的一抹绮丽。日本的樱花文化乃至物哀之美似乎大致接续了这一脉。

姜夔爱梅，说到梅就像世界有了光，想着"梅花闲伴老来身"；最后一次前往合肥时，还在悲叹"梅花过了"……私心揣测，是不是他深爱的某位女子就特别喜爱梅，曾经自比梅，或者名字就叫"梅"？这个字，如同情人之间的"密语"，是一把开启人灵魂深处的钥匙。

姜夔的咏梅词中，最有名的，是自度曲《暗香》与《疏影》。自度曲就是自己作词自己谱曲。宋时词牌发展昌盛，很多时候是先有了曲子，而后词人填词。但姜夔太懂曲子那个东西了，他非要自己创作才过瘾。

《暗香》与《疏影》的词牌，出自林逋《山园小梅》中的咏梅名句："疏影横斜水清浅，暗香浮动月黄昏。"

绍熙二年（1191）冬天，姜夔离开让他心碎的合肥，冒雪去苏州，前往忘年交范成大的石湖别墅客寓，受邀作词。范成大也爱梅，不惜买地种梅，写梅诗，著《梅谱》。姜夔尽管失恋痛苦，无心诗文，还是不忍拂了朋友好意，于是创制《暗香》与《疏影》这两首咏梅词。不料刚写完，传抄出去就风靡一时，时人广为传唱。

《暗香》与《疏影》这样特殊的曲风是姜夔独有的，不妨称之为"连环体"，两首词如两环相连，可合可分，合者观之为一，分者观之为二。

辛亥之冬，余载雪诣石湖。止既月，授简索句，且征新声，作此两曲。石湖把玩不已，使工妓肄习之，音节谐婉，乃名之曰《暗香》《疏影》。

旧时月色，算几番照我，梅边吹笛？唤起玉人，不管清寒与攀摘。何逊而今渐老，都忘却春风词笔。但怪得、竹外疏花，香冷入瑶席。

江国，正寂寂，叹寄与路遥，夜雪初积。翠尊易泣，红萼无言耿相忆。长记曾携手处，千树压、西湖寒碧。又片片、吹尽也，几时见得？

——《暗香·旧时月色》

"旧时月色，算几番照我，梅边吹笛？唤起玉人，不管清寒与攀摘。"

——起句即回忆：曾经不知有多少次，我们沐浴在月光下，梅边吹笛赏花。到忘情处，拉着仙子似的她，不顾清寒，一起采梅。

古人常用单音乐器，发出的是单声，埙啊笛啊都足够简单，但听在耳内，有种神游天外的宁静。笛的静、空和清冷，其实与梅很相似，与一个孤独的人很相似，与失恋的感觉也很相似。喜爱某些乐器，是因为它们与人的经验具有一致性。

"何逊而今渐老，都忘却、春风词笔。但怪得、竹外疏花，香冷入瑶席。"

——我渐渐老了，都忘了美丽的诗词怎么写。不怪别的，只怪竹林外稀稀落落的花儿，香氛冷冽，袭入了心田。

梅朵清芬，在有无之间，恰如一场潦草的告别。

"江国，正寂寂，叹寄与路遥，夜雪初积。翠尊易泣，红萼无言耿相忆。"

——此刻江南水乡正是凄清的季节，很想折梅送给远方的心上人，却没个地址相寄。心上落满夜雪，端起酒杯时，禁不住泪下，与梅相对无语。

他不仅用"红萼"表示梅花初开的温雅，也以"红萼"代指她的姣好、她的明媚、她的娇羞，以及她在他心中的圣洁。

"长记曾携手处，千树压、西湖寒碧。又片片、吹尽也，几时见得。"

——常常忆起当年情事，仿佛西湖边千万朵盛开的梅花，映照寒水。看如今梅花又在寒风中尽数凋零，却不知什么时候才能和那人相见。

花期匆迫，回不去的都是好时光——它总如这世间琉璃，易碎得彻底。

也可以将《暗香》当成一篇小散文来品：

不知有多少次，月下梅边，吹笛赏花。到忘情处，爱梅心切，寒风中相携采梅。可是，云英开落的村庄，清澈流过的河水，春天长大的小树，秋天飞过的大鸟，彼时同一颜色的月、雪、梅、人……它们与人世面无表情地擦身而过，连手都不曾挥动一下，而万水千山历遍，才知道，生命无非回忆。

此刻江南水乡正是清寒季节，他很想折梅送给远方的心上人，却无处相寄——她也许嫁了，也许已如花陨落。但他始终记得，当年西湖边千万朵盛开的梅花，映着湖上寒碧。

他以花期暗比与心上人相聚的短暂，却又隐隐期待着能再次相见——只隔着一朵梅花的距离，却已是相见无期……

液态的诗，是可以装进各自的心灵的，随心赋形。这样的记叙，让人想起各自最初甜美的生命，没有伤老病死，也没有世间污浊。那是最纯真静美的心事，由一个词人帮我们道出。

就这样，我们以诗歌的形式相见，你在上句，我在下句，我们共饮了一阕词。

想来千年万年，人的感受并没有什么不同。无论国籍、身份、职业如何，每个读姜夔的人心里都有一段香，有着或有过醉酒似的好年华，而不再相见——我们可能遇见红尘中的一切，也不会再遇见他了，而那个人，永远是青春年少，双髻坠，小眉弯，有着清澈明媚的笑脸。

自沔东来，丁未元日，至金陵，江上感梦而作。

燕燕轻盈，莺莺娇软。分明又向华胥见。夜长争得薄情知？春初早被相思染。

别后书辞，别时针线。离魂暗逐郎行远。淮南皓月冷千山，冥冥归去无人管。

——《踏莎行·燕燕轻盈》

姜夔（约1155—1221），南宋词人、音乐家。字尧章，号白石道人。饶州鄱阳（今属江西）人。

少年孤贫。十四岁时父亲于任上亡故，姜夔依靠姐姐在汉川县山阳村度日，直到成年。青年时北游淮楚，南历潇湘，后客居合肥、湖州和杭州。早有文名，受杨万里、范成大等人推赏。范成大认为姜夔高雅脱俗，翰墨人品酷肖魏晋人物。姜夔以清客身份与张镃等名公巨卿往来。名流士大夫争相与之结交，朱熹对他青眼相加，佩服他深通礼乐，辛弃疾曾与他互相酬唱。后认识诗人萧德藻，情趣相投，两人结为忘年之交。因赏识姜夔才华，萧德藻将侄女许配给他。

虽然才华出众，但姜夔屡试不第，终生未仕，一生转徙江湖，靠卖字和朋友接济为生。在合肥曾遇到深爱的恋人，也因际遇艰难，无奈分手，只能为之写下大量词作，在文字里一再相遇。

姜夔为人潇洒不羁，耿介清高，以陆龟蒙自许。工诗词，通音律，善书法，对词的造诣尤其精到。其词情意真挚，格律严密，语言华美，风格清幽冷隽，令人低回不已。

有《白石道人诗集》《白石道人歌曲》《续书谱》《绛帖平》等传世。《白石道人歌曲》收词八十首，其中十七首带有曲谱。

姜夔代表作

扬州慢

淳熙丙申至日，予过维扬。夜雪初霁，荠麦弥望。入其城，则四顾萧条，寒水自碧，暮色渐起，戍角悲吟。予怀怆然，感慨今昔，因自度此曲。千岩老人以为有黍离之悲也。

淮左名都，竹西佳处，解鞍少驻初程。过春风十里，尽荠麦青青。自胡马窥江去后，废池乔木，犹厌言兵。渐黄昏，清角吹寒，都在空城。

杜郎俊赏，算而今、重到须惊。纵豆蔻词工，青楼梦好，难赋深情。二十四桥仍在，波心荡、冷月无声。念桥边红药，年年知为谁生？

译释

淳熙年丙申冬至，我路过扬州。时值雪后初晴，展目四望，到处是荠草和麦子。进入扬州城内，只见屋宇荒芜破落，集市一片萧条，连河水都格外碧绿清冷，寒意迫人。暮色降临时，城中响起号角，让人倍觉凄苦。我感慨于扬州城今昔的变化，自创了"扬州慢"词牌，填词作曲，千岩老人认为它有《黍离》的苍凉悲怆。

扬州是淮东著名的大都，竹西亭是扬州极负盛名的繁华去处。我初次过扬州时，曾在这里解鞍少驻，领略它的风采。过去这里春风十里，一派繁荣景色，而如今却长满荞麦，不见人烟。自金人入侵后，一番烧杀掳掠，扬州城便只剩下荒废的池苑和带不走的古木了。劫后幸存的人们心存余悸，埋藏起刻骨的痛恨，再也不愿提起那场可怕的战争。

天色渐暗，凄凉的号角在黄昏中响起，回荡在这座空旷的扬州城。

诗人杜牧俊逸清赏，才华出众，他的"豆蔻词"与"青楼梦"犹如扬州的名片，天下皆知。如果重来此地，杜牧一定会十分吃惊，任凭辞藻精妙绝伦，面对这满目惨淡，他也必定吟不出深情缱绻的诗句。

二十四桥仍在，陪伴它的是桥上一弯冷月，桥下一泓寒水。只有桥边的红芍药，年复一年、浑然无知地绽放。

黄升：白石道人，中兴诗家名流，词极精妙，不减清真乐府，其间高处，有美成所不能及。

周济：白石脱胎稼轩，变雄健为清刚，变驰骤为疏宕。盖二公皆极热中，故气味吻合。辛宽姜窄，宽故容藏，窄故斗硬。

刘熙载：白石才子之词，稼轩豪杰之词。才子、豪杰，各从其类爱之，强论得失，皆偏辞也。姜白石词幽韵冷香，令人把之无尽。拟诸形容，在乐则琴，在花则梅也。

本书主要参考书目

[宋]无名氏. 新刊大宋宣和遗事，北京：中国古典文学出版社，1954.

[元]脱脱等. 宋史，北京：中华书局，1977.

[清]徐松. 宋会要辑稿，北京：中华书局，1957.

[清]朱彝尊，汪森. 词综，上海：上海古籍出版社，2014.

唐圭璋，缪钺，叶嘉莹等. 唐宋词鉴赏辞典，上海：上海辞书出版社，1988.